Corinna Antelmann
Im Geiste, Anna

www.juriatti.net/verlag

ISBN 978-3-9505202-3-1

Im Geiste, Anna
Der Text entstand im Rahmen des
Alsergrunder Literaturstipendiums.

Auflage 1, Taschenbuch

Lektorat: Chiara Juriatti, M.A., B.A., B.A.
Satz & Design: Gundula v. Trebitsch
Typografie Fließtext: Minion Pro, 9,5 Pt.
Druck und Bindung: Medienfabrik Graz

Corinna Antelmann

Im Geiste, Anna

Erzählung

Kollektiv
Der _Verlag

Selber möchte ich diese Harfe schlagen,
Selbst erproben eigner Verse Kraft,
Reißen meine Seele vom Verzagen,
Tun, was fremder Dichter Wort nicht schafft.

(Anna Freud, 1918)

Liebe Edith,

als ich heute an der Kasse stand, um meine Eingabe zu machen, schaute ich nach links, dort, wo die Auslage den Verkaufsraum begrenzt. Das Licht fiel in einer Weise auf das Glas, dass ich mich spiegelte in ihm. Und ich sah mich dort stehen und wusste kaum mehr, wie ich in diesem Laden gelandet, vielleicht auch: hart aufgeschlagen, sein könnte.
Was mache ich hier?, fragte ich mich. Antwort: Ich löffle Tees in Tüten, obwohl ich nie Tee getrunken habe.
Keine zwei Wochen ist es her, da saß ich noch neben dir in der Vorlesung für *Feministische Psychoanalyse*, und doch kommt mir der Anblick in einem Maße fern vor, als hätte ich bloß geträumt.
Oder träume ich jetzt?
Der einzige Mensch, den ich in Wien kenne, ist Friedrich. Wie ich hatte er vor Jahren an dem Schreibworkshop teilgenommen, für den ich mich nach meinem Abitur angemeldet hatte. Ich tat es gegen Papas Willen, der etwaige Schreib-Ambitionen nicht ernst nehmen kann oder will, sondern sie für vergeudete Zeit hält. Jedenfalls kontaktierte ich Friedrich, kaum, dass ich angekommen war. Wie immer durchschaust du meine Absichten, ja, Edith, ich brauchte Hilfe, den Herd anzuschließen, den ich mir für die Garconniere im neunten Bezirk besorgt hatte. Sie liegt in der Porzellangasse, nicht weit vom Donaukanal entfernt, der mich mit etwas Fantasie an die Weser erinnert. Auch die Straßenbahn vor der Tür kommt mir vertraut vor; sie ruckelt

durch meine nächtlichen Träume, in denen ich bei dir bin.
Tags darauf besuchte Friedrich mich im Laden, den ich nach einer kurzen Einführung bereits allein betreuen musste. Ich freute mich über das bekannte Gesicht, als es sich zur Tür hereinschob. Und gleichsam spürte ich einen Anflug von Scham angesichts des Besuchs, denn sogleich verfolgte Friedrich mein Gespräch mit einer Kundin, deren Frage, wie und wo *Rooibusch* wachse und geerntet werde, von mir unbeantwortet bleiben musste. Anschließend nahm ich beim Abfüllen der zweihundert Gramm *Oolong Tisane* das falsche Sackerl zur Hand, weil die großen, braunen Blätter sperrig sind und leichter, als sie zu sein vorgaukeln. *Sackerl* heißt Tüte, musst du wissen; Friedrich lachte, als ich das deutsche Wort benutzte und wiederholte es mit einem langgedehnten *Ü*, sodass mich ebenfalls das Lachen überfiel. Ja, heiter geht es zu in diesem Land, wirst du denken, aber das wage ich nicht zu bestätigen, auch wenn die Menschen auf den ersten Blick freundlicher zu sein scheinen als bei uns. Ich aber kann nicht in sie hineinschauen, da helfen auch die ersten Semester Psychologie nicht weiter.
Niemand lässt sich so einfach, einfach so, in die Seele schauen, oder was meinst du, Liebste?
Friedrich ließ sich nicht anmerken, was er dachte, als er mich mit Gegenständen hantieren sah, von denen ich nichts verstand. Noch in Anwesenheit der Kundin lächelte er und bat mich, ihm einen *Matcha* zu empfehlen. Ich gab ihm die erstbeste Packung, stolz, zu wissen, in welchem Regal ich sie finden würde, und er wusste, dass es die erstbeste war, nach

der ich griff, nicht jedoch die erstklassigste.
„Mir schmeckt jeder Matcha“, sagte er großzügig, wichtig allein sei, dass dieses Zauberpulver Energie zuführe, was es in der Tat tue, und deshalb könne er mir nur raten, es regelmäßig zu konsumieren.
„Ich sollte diejenige sein, die hier die Ratschläge erteilt“, meinte ich lächelnd, und auch er lächelte wieder:
„Hast du denn einen Rat für mich?“
„Falls du einmal eine psychologische Beratung brauchst“, sagte ich, „immer gern, auf dem Feld tue ich mir leichter als auf einer Teeplantage.“
Er glaubte mir nicht, und auch ich glaubte mir nicht. Es wäre überheblich, zu denken, ich verstünde etwas von anderen Menschen, ausgerechnet ich, die ich nicht einmal mich verstehe.
„Die meisten Leute studieren Psychologie, um etwas über sich selbst zu erfahren“, hattest du mir zugeflüstert, während wir bei der Einführungsveranstaltung im Studiengang zufällig nebeneinander zum Sitzen gekommen waren, glaubst du an Zufall? Schon damals war ich nicht sicher, ob das auch auf mich zutrifft oder ich nicht deshalb studiere, oder auch: studiert habe, weil Papa es so will. Aus seiner Sicht ist ein Studium der einzig mögliche Weg, den eine junge Frau heutzutage einschlagen kann. Dabei geht es ihm allerdings allein um das Studieren als solches, nicht aber um die Wahl des Studienfaches selbst, sodass er nicht widersprach, als ich mich für Psychologie inskribierte. Auch die private Universität ließ er mir durchgehen, obgleich

sie ihn Geld kostet. Vermutlich verbindet er damit umso mehr Anerkennung und Prestige. Mir dabei behilflich zu sein, herauszufinden, wofür ich im Grunde meines Herzens brenne, hat ihn dagegen nie interessiert, denn dafür bräuchte es ja die Fähigkeit, Fragen stellen zu können. Und so stelle ich mir die Fragen selbst, wie zum Beispiel heute, als ich im Teeladen stand und mich wiederholt fragte:

„Was mache ich hier?"

Ich musste die Frage laut ausgesprochen haben, denn Friedrich antwortete: „Wundern solltest du dich. Einfach nur wundern. Wundere dich über dein Leben. Darüber, dass du in diesem Laden stehst und Tees verkaufst. Ich hätte gern noch hundert Gramm vom griechischen Bergtee, aber auch in diesem Fall musst du die große Packung nehmen, denn er ist leicht und fliegt dir andernfalls davon."

„Du hast Recht", sagte ich und bezog meine Aussage auf beide seiner Anmerkungen.

Oder, Edith, was sonst soll ich tun, außer mich zu wundern? Gründe zum Wundern gibt es viele. Nicht nur wundere ich mich, dass ich Bremen verlassen habe, Papa, dich, den Campus. Nein, ich wundere mich, in einem Land zu sein, in dem mich eine bekannte unbekannte Sprache anweht, mit Wörtern wie *Sackerln*, die entweder meinen Sprachschatz erweitern werden oder mich dem Fremdsein ausliefern. Das Fremde aber ist uns unheimlich, denn in ihm begegnet uns *alles, was im Geheimnis, im Verborgenen bleiben sollte und hervorgetreten ist*, wenn ich es mit Freud ausdrücken soll. Ja, das Fremde meint immer auch die Inhalte des Es, das in seiner

Vorstellungswelt ein gesellschaftlich entgegenstehendes Anderes verkörpert und als Voraussetzung dafür, an der Zivilisation teilhaben zu können, verdrängt werden muss.
Ich tippte den Preis des Bergtees in die Kasse und bemerkte abermals mein Spiegelbild zur linken Seite. Beinahe schien es mir, als bewegte es sich unabhängig von mir, unheimlich auch das. Ich setzte dem Eindruck den Versuch der Selbstvergewisserung entgegen, schaute mich an, aber der Anblick befremdete mich, ja ich fühlte mich mir fremder noch als jemals zuvor, wie ich hier stand in einem mir vollkommen fremden Leben, einem neuen Leben, so muss ich es wohl nennen, ohne zu wissen, was währenddessen mit meinem alten geschehen wird.
Wer nur, wer, nimmt meine Stelle ein? Lebe ich an einem anderen Ort fort, als Geliebte, als Tochter, als Lernende, was sagst du?
„Dich gibt es nur einmal", sagte Friedrich, verstaute den Matcha und den Bergtee in seinem abgenutzten Rucksack, gab mir zwei *Bussis*, fremde Worte aus meinem Mund, die Bussis jedoch auf die Wangen. Leider fährt er morgen.
„Ich beabsichtige, nach Deutschland zu gehen", sagte er, da stand er bereits in der Tür.
Ob das eine Freud'sche Fehlleistung ist?
Was sagen dir diese ersten Schilderungen aus Wien über meine Absichten, oh du, einzige Leserin meiner Seele?

Verwirrt, aber nicht unglücklich verbleibe ich mit einem Kuss auf deinen Mund, der alles ist, nur kein Bussi, deine Martha

Liebe Edith!

„Warum Wien?“, hattest du gefragt, und diese Frage verfolgt mich, seit ich hier bin: Ja, warum?
„Es geht mir ums Weggehen als solches“, so versuchte ich es dir zu erklären und vermied das Wort *Flucht*. Der Umzug in eine österreichische Stadt schien mir die ersehnte Fahrkarte fort aus dem Norden zu sein, vor allem aber eine Fahrkarte, die möglichst viele Kilometer zwischen Papa und mich bringt, um mich endlich frei fühlen zu können, unabhängig, den zahlreichen Verbindungen und Verpflichtungen entronnen. Weit weg von seinen Augen möchte ich das Atmen erlernen, statt mich mit einem Atem zufriedenzugeben, der immerzu angehalten wird: Ich halte ihn an; Papa hält ihn an.
Aus Anstrengung oder warum auch immer.
Ich halte ihn an, weil er es tut, nur bin ich diejenige, die darunter mehr leidet als er. Als füllte sein Nicht-Atmen-Können meinen Lungenraum mit Schall und Rauch, die ihn vernebeln und verstopfen, sodass der eigene Lebensstoff keinen Platz findet, wenn er in mich hineinzugelangen strebt, um Abgestandenes in Neues zu verwandeln. Und so bedeckt der Stoff allein mein Oberflächenmaterial, ohne die Tiefe zu füttern, und ich erkalte.
Auf der Suche nach Luft verschlug es mich also nach Wien, ausgerechnet, frag nicht. Und den Verkaufsjob nahm ich an, auf dass er mir meine Unabhängigkeit garantiere. Nicht von Papa, obwohl ich das sehr wohl erhofft hatte, aber das ist lächerlich, nachdem er das Studiengeld bezahlt, sodass ich mich ihm nach

wie vor verpflichtet fühle. Er fordert von mir, Verantwortung zu übernehmen, und vielleicht tut er das zu Recht.
Nun stehe ich in der Hitze des Ladens und japse weiterhin nach Luft.
Statt nach Wien zu gehen, hätte ich natürlich etwas Wildes tun können, Papa den Rücken zuwenden und nach Mauritius reisen zum Beispiel, besser noch in den kolumbianischen Dschungel, dorthin, wo es ein Volk gibt, das keine Geschlechterzugehörigkeiten kennt und den ganzen Tag gegen Hierarchien antanzt und Referenden für die Gleichheit abhält, was meint: gleiche Wertschätzung für alle. Den ganzen Tag tanzt dieses Völkchen, um die Freude am Leben auszudrücken.
Was aber sollte mein Tanz zum Ausdruck bringen können, wenn ich es mir doch nicht zugestehe, das Leben zu genießen? Womöglich mangelt es mir an Mut oder an dem Vertrauen, mir den zu erwartenden Genuss tatsächlich verdient zu haben, sagen wir: Ich versage mir den Genuss am Leben aus der Überzeugung heraus, mir jeglichen Genuss erst verdienen zu müssen. Und da haben wir ihn ja schon, den internalisierten Glaubenssatz, der im *Über-Ich* hockt und unbewusst Wirkung zeigt. Eine Wirkung, der ich mir sehr wohl bewusstwerde, sobald ich diesen Satz niederschreibe. Er lautet: „Ich habe noch nicht genug geleistet, um mir erlauben zu dürfen, über Wiesen zu tanzen, spielerisch und leicht."
Nein, als spielerisch kann ich mich wahrlich nicht beschreiben, auch wenn Papa stets behauptet, offenbar habe er es versäumt, meinen Spieltrieb rechtzeitig der Reife

zuzuführen; nur drückt er es in anderen Worten aus, als Freud es in seiner *Triebtheorie* tut. Ja, mangelnde Reife attestiert er mir, stell dir vor, ausgerechnet mir, die sich nicht zum ersten Mal ratlos der Frage gegenübergestellt sieht: Wo ist es bloß, das Spielerische in mir, das mir die Verantwortung, die mich am Atmen hindert, von der Brust nehmen könnte?

Nehmt es als Beweis meiner Redlichkeit, dass ich mir weder den Dschungel erlaube noch wilde Tänze, sondern nur ein im Geiste der Monarchie denkendes Wien und eine Arbeit im Einzelhandel. Denn das ist es, was Papa so lange in mich hineinflüsterte, bis es nun eigenständig aus mir herausflüstert: „Erst die Arbeit, dann das Vergnügen." Oder auch: „Das Glück muss man sich verdienen." „Vergeude nicht deine Zeit." Noch vieles andere habe ich von Papa gelernt: dass man sich anstrengen muss und einem nichts zufällt. Dass das Leben kein Honigschlecken ist, und wer rastet, der rostet. All diese Stehsätze, die sich in mir niedergelassen haben, um sich nicht weiter die Beine in den Bauch stehen zu müssen. So oder so schaden sie dem Rückgrat, das ohnehin instabil ist, weil ihm der Rückhalt fehlt.

Jetzt weißt du, warum ich hier bin, statt auf Mauritius Partys zu feiern oder mich den Ausschweifungen heller Sternennächte zu überlassen.

Mit seinem Geld.

Deshalb die Arbeit im Teeladen untertags, und abends diszipliniere ich mich und studiere Teebücher, wenn ich das Studium schon vernachlässige. Ich nehme sie mir zu Herzen, damit ich in Zukunft Auskunft geben kann, wenn

mich jemand fragt: Wie brühe ich Pu-Erh auf, und was bedeutet die Kennzeichnung FTGFOPI, die auf der Packung Assam-Tee zu finden ist? Denn mehr noch nehme ich mir zu Herzen, nicht gut genug zu sein, sodass ich eben besser werden muss, als ich gerade jeweils bin, um mich gut fühlen zu können. Dass Lernen und Wissen den Eigenwert steigern, entspringt meiner festen Überzeugung.
Oder der Überzeugung des verinnerlichten Vaters.
Ehrgeizig jedenfalls bin ich, das erkennt selbst er. Und das muss ich auch sein, denn ich soll mich behaupten, obwohl es nicht leicht ist, sich zu behaupten in dieser Welt, nicht ohne ihn, den Vater. Eine Teilhabe an der sogenannten Zivilisation bedeutet ja eine Teilnahme an dem, was die Väter umtreibt, in meinem Falle: Streng dich an, bis dir die Luft wegbleibt.
Glaubst du mir nun, dass mir kein anderer Weg blieb, als zu gehen?
Du magst einwenden, es gebe noch andere Möglichkeiten als die räumliche Entfernung, zum Beispiel diese hier: den väterlichen Antrieb nutzen für den eigenen Auftrieb. Ich aber habe nun diesen Weg eingeschlagen und zahle dafür den Preis. Denn für die ersehnte Unabhängigkeit musste ich gleichsam die Entfernung von dir in Kauf nehmen, von deiner Liebe und deiner Lust, meiner Lust, die mich abhalten könnte, mich dem Höheren zuzuwenden, vom Triebhaften zum Edlen, also zum *Sublimierten*, um es abermals mit Freuds Worten zu versuchen. Wofür schließlich haben wir die Vorlesung bei Professor Holzinger besucht? Die Reife des *Ichs* zeigt sich darin, dass wir zielgerichtet unsere

Aktivitäten aufnehmen, ohne den sofortigen Lustgewinn zu erwarten und zu erhalten, sprich, dem Trieb entsagen, stimmst du mir zu? Nein, tust du nicht. Solltest du aber; schließlich erarbeiteten wir das Referat über Freuds Trieblehre gemeinsam. Aber ich weiß ja: Dir ist das Studium immer nur Lustgewinn gewesen, ebenso wie deine Phasen der Untätigkeit, die du dir unbekümmert zugestehst. Und was dir nicht passt an Theorien, änderst du kurzerhand ab, sodass nicht du es bist, die sich der Theorie anpasst, wie ich es zu tun pflege, sondern die Theorie sich deinen Bedürfnissen anpassen muss. Das nenne ich kindlich und beneide dich gleichzeitig darum. Und manchmal beschleicht mich der Gedanke, du kannst, was ich scheue: anders denken, als es andere zuvor getan haben.
Die Welt verändern.
„Schließlich ist Freud auch nur ein Mann unter anderen gewesen“, war es einmal in einer unserer Vorlesungen aus dir herausgeplatzt, und dann führtest du mit deiner Seelenruhe aus, dass es an der männlich-ödipalen Subjektkonstellation liege, sich dem Animalischen zu verweigern und alles, was uns fremd erscheine, dem sogenannten Nicht-Zivilisierten zuzuordnen, das betrifft zum Beispiel den Dschungel und die wilden Tänze, aber auch die Lust, das Ja zum Trieb und natürlich das Weibliche, kurz: „Alles Nicht-Männliche soll keinen Ort haben in der patriarchalen Welt, in der wir uns noch immer befinden.“
Ich sehe dein erhitztes Gesicht vor mir, Edith, sehe dich vor mir, wie du Freud vorwirfst, damit habe er die Ausgrenzung

des Fremden zur unabdingbaren Voraussetzung unserer Fähigkeit zur Zivilisation erhoben. „Sowohl für den Menschen als Individuum als auch für die Menschheit als Gattung ist das Andere nicht nur ein vom Subjekt konstituiertes Anderes, sondern wird gleichsam zu etwas hierarchisch Minderwertigem degradiert“, behauptetest du und bezogst dich dabei auf *Totem und Tabu*. Und als Herr Professor Holzinger widersprach, fügtest du hinzu, die Vorstellung eines Nebeneinanders von Trieb und Kultur sei Anfang des 20. Jahrhunderts möglicherweise noch undenkbar gewesen, aber heute öffneten sich andere Möglichkeiten, und *der Dschungel* und *die Stadt* passten im Grunde ebenso wunderbar zusammen wie *das Wilde* und *das Zivilisierte*, *das Es* und *das Ich*, so jedenfalls würdest du dir die Welt wünschen.

Ich vermute, nicht nur Herr Professor Holzinger widerspricht in diesem Punkt, der ja vor allem deshalb fragwürdig erscheint, als dass du *die Frau* und *das Wilde* in einem Atemzug nennst. Ich sehe dich lächeln, meine wilde Hilde, du ja, du ja, aber sieh‘ mich an!

Nach deiner Sichtweise würde Papa, ohne es zu wissen, Freud'schen Kategorien folgen, denn auch er versucht, alles Wilde zu zähmen und hat in mir die Tochter, die in dieser Hinsicht funktioniert wie in vielerlei Hinsicht. Zum Beispiel übt sie sich ziemlich in sexueller Zurückhaltung, also ohne dem Dionysischen zu frönen: „Du wirst doch wohl nicht deine Talente verschwenden, Martha“, so warnte er mich bei meinem Auszug, „nur weil es dich grad nach einer deiner

Affären juckt." Dass wir zusammen sind, Edith, ignorierte er von Anfang an und tut es noch.
Was soll ich sagen? Gern hätte ich dich hier in meinem Bett und ja, ich weiß, als sexuell zurückhaltend würdest du mich kaum bezeichnen, aber das bleibt unter uns.

Einen lustvollen Gruß, allen Überlegungen zum Trotz, in Liebe, deine Martha

Liebe Edith,

nicht selten klettert das Thermometer im Laden in Richtung vierzig Grad, und die Hitze versengt meinen Verstand, so möchte ich es ausdrücken, auch wenn die Wendung ähnlich abgestanden klingt, wie die durchweichten Blätter des Moringa-Tees riechen, den ich heute als Kostprobe für die spärliche Kundschaft wählte. Jeden Morgen brühe ich eine Sorte auf und stelle sie, zum Einschenken bereit, auf das Tischchen im Eingangsbereich. Darüber klebe ich ein Schild mit einem Text, der die Geschichte des jeweiligen Tees erzählt, und so bediene ich mich fremder Geschichten, ohne meine eigene erzählen zu müssen.
Immer um die Mittagszeit betritt ein Obdachloser den Laden, verlässlich und freundlich. Wir wechseln einige Worte, oftmals die ersten und einzigen für mich an dem jeweiligen Tag, und deshalb fühlt es sich beinahe so an, als

besuche er mich, wobei er natürlich den Laden besucht, in dem er die kostenlose Tasse Tee kostet, für die er sich anschließend überschwänglich bedankt. Und ich fühle mich ein bisschen besser.

Heute fragte ich ihn nach seiner Geschichte und erfuhr, dass er Medizin studiert hatte, hier in Wien, aber dann konnte er dem Druck nicht standhalten, den Erwartungen, die sein Vater an ihn stellte, also brach er ab, ist das zu glauben?

Und: Soll mich das beunruhigen?

Es beunruhigt mich nicht mehr und nicht weniger, wie es die Bezeichnungen der Teesorten tun, die vor meinen Augen tanzen, während ich Teeblätter aus Säcken in Dosen fülle und dabei die Namen der Grüntees, Schwarztees, Früchtetees kennenlerne, die sich anhören wie die Namen der Geister, die zu rufen ich mich scheue, da ich gern verzichtete auf ihre Gesellschaft, die sich immerzu anzukündigen scheint.

Ich war froh, als der Obdachlose meine schwarzen Vorahnungen durchbrach, indem er den weißen Tee mit Aprikose lobte. Wie er trinke auch ich mich nun nach und nach durch die Sorten, apropos vergeudete Zeit. So brühe ich mir zum Beispiel einen Ostfriesischen Schwarztee auf, um mich nach Norddeutschland zu versetzen. Oder ich nippe an der von Friedrich gepriesenen Energie des geschäumten Matchas und beschließe den Tag mit Melisse für die Nerven. An *Pi Lo Chun* und *Gyokuro Tokiwa* und *Jiaogulan* dagegen wage ich mich nicht heran, du erinnerst dich: Das Fremde ist es, was uns unheimlich erscheint, immer das Fremde, denn darin begegnet uns ungewollt ein Bekanntes, ist es nicht so? Und das bedeutet wohl, unheimlich sind wir uns selbst, sprich, der Teil unseres Innenlebens, dem wir stets auszuweichen versuchen, der jedoch im Fremden als lebender Toter zombiehaft unseren Weg kreuzt und nur bezwungen werden kann, indem er daran gehindert wird, in die Zivilisation einzufallen. Freud hatte Recht, Holzinger hatte Recht: Es muss ausgegrenzt werden, dieses Fremde, und da kommt eine Dose in rot-schwarz, mit einem feuerspeienden Drachen darauf, der ebenso fremd anmutet wie der Inhalt, gerade gelegen, ja, die Teedose ist ein guter Ort dafür, all das zu verstecken, was ich nicht haben kann, darf, möchte.

Die geheimen Wünsche und ungewollten Gefühle.

„Hinein, hinein", rief ich, kaum hatte der Obdachlose den Laden verlassen, öffnete die Deckel der Dosen und wedelte mit der geöffneten Falle, „ab mit euch." Hinein mit der Angst, den eigenen Ansprüchen nicht gerecht werden zu können.

Den Ansprüchen des Vaters?

Angst, du hast richtig gelesen. Verstärkt steigt sie in mir auf, das gebe ich zu. Angst vor meiner Lebensreise. Weil ich den Ort nicht kenne, an dem sie enden wird. Weil mir der Weg steinig scheint und der Zug jederzeit abfahren oder entgleisen kann, denk nur an meinen Obdachlosen. Ich könnte versuchen, mir mein Unbehagen damit zu erklären, dass der Sommer den Laden unbelebt lässt, und in den Lücken des Nichtstuns, da steigen die Geister auch ungerufen auf. Da steigt auf, was hübsch verschlossen bleiben sollte, in Teedosen womöglich.

Ja, in jeder der hundert Boxen haust einer von ihnen, ich weiß es doch, denn ich war selbst daran beteiligt, sie einzusperren. Zuviel Leerlauf.

Wenn ich dir manchmal vorwerfe, du seiest untätig, Edith, und dabei auf deine Fähigkeit ziele, dich nicht antreiben und unter Druck setzen zu lassen, die ich vor unserer Begegnung als Unfähigkeit eingestuft hätte, dann vermutlich deshalb, weil ich ein Mensch bin, den das Untätig-Sein-Müssen bedroht. Ja, ich halte es nicht aus, so lautet die Wahrheit, und habe es nie ausgehalten. Selbst wenn ich krank bin, kann ich die Arbeit nicht ruhen lassen. Als würde ich sonst etwas verpassen und machte mich zudem schuldig, stimmt das, Kind? Ich aber sage dir: Dieser Gedanke gründet auf dem Gefühl, ungenügend zu sein, da hast du es. Nicht das Untätig-Sein ficht mich an, sondern das Ungenügend-Sein.

Dass da der eine oder andere Geist uneingeladen auf eine Schale Tee vorbeischaut, ist wohl kaum mehr verwunderlich. Ich wandte meinen Blick von den Drachen ab; er fiel auf die Bienen, die sich unter dem Regal mit den Keramikbechern sammelten. Nur fliegen konnten sie nimmer mehr, die Wiese lag so weit von ihnen entfernt wie mir das Kind, das ich einmal gewesen bin. Ich legte mich auf den Boden hinter den Tresen, um meinen Erinnerungen freien Lauf zu lassen. Und sobald ich frei zu assoziieren begann, konnte ich es sehen: Ja, da bin ich und laufe durch die Straßen, während ich mich erwachsen imaginiere, vielleicht als Schriftstellerin, denn das ist immer mein Traum gewesen, habe ich dir das je erzählt? Ich sehe mich auf der Bühne sitzen und aus meinem Werk lesen, obwohl ich zugleich weiß, dass Papa meine Schreibversuche nicht unterstützt. Nun aber hören alle meine Worte, mehr noch, sie verstehen, was ich ausdrücken möchte, verstehen mich, statt missbilligend auf das schweigende Kind zu blicken, das sich an die Heizung drückt, gleich neben die vertrockneten Bienen, auch damals schon: vertrocknet. Ja, da sitzt es, das Kind, und flüchtet in Tagträume, um dem Gefühl, nicht richtig zu sein, ebenso zu entgehen wie diesem Blick, der auf es fällt bei dem Versuch, den eigenen Geistern auszuweichen. Wären die Bienen draußen geblieben, dann könnten sie summen und am Nektar saugen, denkt das Kind, aber nein, sie haben sich in die Wohnung verirrt, herangelockt durch die Träumerin, verirrt zwischen dicke Wände, die alle Hitze speichern, vor allem aber gibt es ohnehin schon zu wenig Raum zum Atmen und deshalb: Ade.

Warum mussten sie sterben?
Die Bienen, die Träume,
die hochfliegenden Absichten?

Schon wieder fiel ich ins Verdrängte zurück und dachte, das sollte ich unterlassen, und deshalb stöpselte ich den Staubsauger in die einzig freie Buchse, die mir der Verteiler zwischen Kasse, Tischlampe und WLAN-Box ließ, hielt das Rohr unter das Regal und machte mich daran, die Bienen aufzusaugen. Ich saugte und saugte, obgleich mir Furcht einjagte, wie entschlossen ich die Spuren einstigen Lebens

fortsaugte, ohne Sinn und Verstand den Tod überging.
Aber nicht ich bin es, die Bienen tötet.
Sie taten mir leid und ich mir auch, denn der Raum heizte sich immer weiter auf, jetzt, da ich mich bewegte, und als ich aufblickte, um mir den Schweiß von der Stirn zu wischen, entdeckte ich in der Scheibe abermals mich. Heute wartete mein Spiegelbild nicht einmal mehr, bis ich mich zu spiegeln gedachte, sondern machte sich sogleich selbständig von mir, die sich abrackert, aber außer Staubsaugen nicht viel zustande bringt. Paralysiert konnte ich nichts tun, außer innehalten und starren, ja, nicht einmal den Staubsauger schaltete ich aus. Und das Bild starrte zurück und jagte mir eine ebensolche Furcht ein, wie ich mir eben einjage. Tritt das Spiegelbild aus seiner Abhängigkeit heraus, bleibt allein Entsetzen, habe ich einmal gelesen. Der Erscheinung des losgelösten, identischen Körpers ist ein Moment des Grauens innewohnend, denn statt Selbstvergewisserung zu ermöglichen, wird im Gegenteil *das Selbst* infrage gestellt. Fremde sind wir uns selbst, das habe ich ja bereits zu erklären versucht. Keine Ahnung von Rooibusch-Sträuchern, deren Ästchen feingehäckselt aufgegossen werden können, aber so tun, als verstehe ich etwas von den Schriften, die ich der Literaturliste gemäß abarbeite.
Du siehst, meine Bücher habe ich mitgenommen.
Lange hätten wir nicht mehr darauf warten müssen, uns zu Lehrzwecken einer Analyse zu unterziehen, Edith. Oder anders: Gerade rechtzeitig noch kratzte ich die Kurve, bevor mir das Gemüt zerkratzt worden wäre. Ja, vielleicht

hatte ich gehofft, durch den Abbruch des Studiums der Konfrontation mit mir selbst zu entgehen, doch nun musste ich mir anschauen, wie ich mir hier entgegenstarrte mit verunsichertem Blick. Mein Spiegelbild protestierte; offenbar möchte es ebenso wenig einer Analyse unterzogen werden wie ich selbst. „Wieso unsicherer Blick", schimpfte es, „auf welche Ursache bitte sollte das schließen lassen? Und warum nennst du mich Es, Martha, du weißt, wie ich heiße!"
Dann verschwand es.
Sofort warf ich das Staubsaugerrohr auf den Boden und lief hinaus, wo ich mein Ebenbild hinter der nächsten Ecke verschwinden sah. Wie gern wäre ich ihm hinterhergelaufen, wem oder was, aber ich darf den Laden nicht unversperrt lassen, es könnte etwas gestohlen werden, der Geist im Teesackerl. Der Laden ist angewiesen auf meine Anwesenheit, und wie immer steht die Pflicht über der Triebbefriedigung eigener Bedürftigkeit, gleichgültig, was mich lockt und nach Begegnung schreit.
Nach Erkenntnis, das auch.
Noch auf der Straße hörte ich das Geräusch des noch immer betriebsamen Staubsaugers und dachte, vielleicht hat er den Laden hinweggesaugt, alles in seinen Beutel geschluckt und zerkaut zu Knäueln aus Staub und Biene, unentwirrbar wie das, was hier vor sich geht: Spiegelbilder, die ein Eigenleben führen.
Ich ging hinein, schaltete den Staubsauger ab und stellte ihn zurück in die Kammer. Alles sah aus, wie es immer aussieht; mit dem Voranschreiten des Nachmittags hatte sich allein

der Lichteinfall verändert. Dann nahm ich meinen Platz an der Kasse wieder ein und döste in den Tag, döste mir entgegen, dem Bild auf der Scheibe, auf der nichts zu sehen war, denn draußen war es zu hell, hier drinnen zu warm.
Es küsst dich erhitzt, deine Martha

Liebe Edith,

nicht ein wandelndes Spiegelbild war es gewesen, was mir gestern durch die Glasscheibe entgegengestarrt hatte, wie ich jetzt weiß. Wieder sah ich heute dieses Gesicht, und ich zuckte zurück und ballte die Faust, um es zu verbannen aus meiner Einbildung, als ich innehielt und dachte, halt, das bin nicht ich, die ich dort auf der Scheibe gespiegelt sehe, genauer gesagt: hinter der Scheibe, denn draußen stand eine mir fremde Frau mit einer Tasche am Arm und einer altmodischen Baskenkappe auf dem Kopf, oder sollte ich schreiben – *Haube*?
Sie war Anfang oder Mitte zwanzig, also ungefähr so alt wie ich, nur die Art, wie sie sich kleidete, unterschied sich doch sehr von der meinen.
Aber abgesehen von dem Strickkleid wirkte sie auf mich wie eine veritable Doppelgängerin, sagen wir es, wie es ist, und so konnte, dem Licht und der allgemeinen Hitze geschuldet, leicht der Eindruck entstehen, als sähe ich mich selbst. Das

wollte ich dir schnell mitteilen, damit du nicht glaubst, ich werde verrückt hier im Ausland.

In aller Kürze, deine Martha

Liebe Edith,

offenbar war dir die Erwähnung einer Doppelgängerin mehr Zeichen von Verrücktheit als alles, worüber ich zuvor geschrieben habe, oder wie verstehe ich, dass du ausgerechnet diesen kurz dahingeworfenen Gedanken aufgreifst, um vorzuschlagen, ich solle mir doch bitte tatsächlich einen Analytiker suchen?
Eine gewisse Komik hätte es natürlich, wenn ich das Studium sausen ließe und damit die Einblicke, die es mir in mich selbst zu geben verspricht, um anschließend nach Wien zu kommen und hier eine Psychoanalyse zu beginnen, in der Stadt ihrer Entstehung. Ich wäre ja nicht die Erste, die für eine Analyse nach Wien geht. Freuds Analysanden reisten von überall an, von weit, weit her kamen sie, weder scheuten sie Kosten noch Zeit, nur um für die eigene psychische Gesundung zu sorgen. Das nenne ich Absichten verfolgen!
Meine Absicht, hierherzuziehen, wiederum hat mit Freud nichts zu tun, zumal diese Stadt ja stets alles tat, um sich vornehm herauszuhalten, ja, behauptete, die Psychoanalyse gehe sie nichts an. Mich auch nicht, und deshalb möchte ich

gerade nichts anderes tun als dies: Tee verkaufen. Was ich die wenigste Zeit tue, wie du bereits gemerkt hast. Allein bin und bleibe ich in diesem Laden, die Kundschaft dagegen lässt sich weiterhin nicht blicken, ebenso wie die Chefin.
Heute blieb sogar meine Kostprobe unangetastet, die Mittagszeit verstrich, ohne dass der Obdachlose auftauchte. Und so wanderten meine Blicke wieder und wieder zum Fenster. Ja, ich wartete, du hast es erkannt. Ich wartete auf die junge Frau, wartete darauf, dass sie draußen an die Scheibe tritt, meine unheimliche Doppelgängerin.
Lustlos wischte ich über die Regale, ohne das Fenster aus den Augen zu lassen, bis ich sie endlich sah. Auf den zweiten Blick hatte sie weniger Ähnlichkeit mit mir, als ich gestern zu glauben gemeint hatte; vertraut kommt sie mir dennoch vor. Beinahe erschrocken hob ich die Hand und setzte zum Gruß an, aber da war sie schon wieder verschwunden.
Wer ist sie? Warum verfolgt sie mich?
Oder sind die kindlichen Tagträume zu mir zurückgekehrt, die Papa mir unter allerlei Mühen ein für alle Mal hatte austreiben wollen? „Mach dich nützlich, statt Löcher in die Luft zu starren!"
Seit sie fort war und damit die Hoffnung auf eine Begegnung, verging die Zeit noch langsamer als ohnehin, die Hitze stieg abermals, der Laden blieb leer, und so fiel ich nach und nach in einen Zustand innerer Trägheit und *schäme mich, dass ich so faul, dumm und unruhig bin, der Neigung nach wenigstens.* Woher kommen diese Zeilen? Komisch, es ist, als seien sie mir eingeflüstert worden, aber von wem nur, von wem?

Papa wäre ungehalten über diese Dämmrigkeit, die er sorgsam unterscheidet vom Faulenzen, dem eine eigene Wachheit innewohne, wie er sagt, während er darüber spottet, ich könne nicht einmal das: gescheit faulenzen. Nur soll ich mich ja zugleich behaupten auf dem von ihm zugewiesenen Weg, und deshalb denke ich, er sagt das nur, weil er mir nicht zutraut, dass ich mich behaupten werde.

Wie steht es um mein Zutrauen in mich? Ich habe Angst, in einem Moment der Unaufmerksamkeit in ein fremdbestimmtes Leben zu gleiten, aber jede Form der Angst lässt sich beheben, auch in Eigenanalyse, glaubst du daran, Edith? Sigmund Freud konnte seine Angst vor dem Reisen überwinden, indem er sich mit ihr konfrontierte, warum also sollte ich nicht auf ebendiese Art meine Angst besiegen können?

„Weil du es nicht kannst", höre ich abermals.

Glücklicherweise ist Papa nicht mein Psychoanalytiker, das fehlte mir noch, und so erfährt er weder von meinen geheimen Ängsten noch von den wieder erwachten Tagträumen, in denen er keine Rolle spielt. Letzteres wiederum ahnt er sehr wohl: dass ich mich ihm zu entziehen trachte.

Wie träge ich auch sein mochte, Locher starrte ich dennoch nicht in die Luft, weil ich mich ja vor ihnen fürchte, vor den Löchern, wie du weißt. Sie könnten mich in sich hineinsaugen wie in ein schwarzes Loch, und deshalb kam ich eigenständig etwaigen Wahnvorstellungen zuvor, bereitete mir einen Matcha und saugte anschließend energiegeladen abermals Insekten vom zerbrechlichen Porzellan. Das Rohr steht für

den Penis, die Biene für das Leben, das Saugen dient der oralen Triebbefriedigung des Staubsaugers, ich aber fröne meinem Todestrieb, was bedeutet: Wie gern würde ich die Welt anhalten und mich ihr ergeben.
Als die Türglocke läutete, dachte ich, sie ist es, die unversehens zu mir zurückkehrt, ja, sie kommt, mich aufzusuchen, nicht aber heimzusuchen. Herein trat die Chefin und *schaffte mir an*, auch dies ein hier gebräuchlicher Ausdruck, vor Ladenschluss noch die Bestellungen einzupflegen und auszudrucken. Sie habe es eilig, so sagte sie, das Leben rufe sie, ob ich das hören könne?
Ich dagegen vermute einen neuen Liebhaber hinter ihrer Eile. Ich weiß, sie bindet sich nicht gern, um niemandem einen tiefen Einblick geben zu müssen in sich selbst. Da befindet sie sich in einem Widerstand, der in der Psychoanalyse ein Abwehrmechanismus des Ichs genannt wird, ein Aspekt, der nicht von Sigmund Freud erläutert worden ist, wenn ich nicht irre.
Wo nur habe ich darüber gelesen?
Jedenfalls müssen die Abwehrmechanismen des Ichs analysiert werden, bevor eine Analyse des Es möglich wird, sprich, ein Blick in die Tiefe der Seele getätigt werden kann, ob auf der Couch oder in der Liebe; ich weiß, wovon ich spreche.
„Bestell mir eine neue Seele", sagte ich zu der Dose, in der sich *Pi Lo Chun* versteckt. Er gibt vor, ein Grüntee zu sein, in Wirklichkeit aber ist er ein Kämpfer, wenn man ihn nur entließe aus seinem Dosen-Gefängnis. Auch in diesem

Fall weiß ich, wovon ich spreche: Vertrocknet wäre ich in meinem Gefängnis in Papas Nähe, weil ich doch reiten möchte mit dem Wind und raufen mit den Hunden.
Ich denke mir Pi Lo Chun als einen Mann mit dickem Bauch und buntem Gewand, der träumend durch die Lande zieht, denn so einer ist der. Oder rauft er lieber, als zu träumen? Widerspricht sich das? Ich werde ihn fragen und dann schreibe ich ein Märchen über ihn.
Keine Angst, liebe Edith, ich mache nur Spaß. Denn auch wenn du stets so unerschrocken tust, ich nehme dir die Unerschrockenheit nicht ab, sondern denke, auch hier zeigt sich ein Abwehrmechanismus, der dir das Gefühl der Angst ersparen soll, zum Beispiel davor, dass ich den Verstand verlieren könnte. Sollte ich eines Tages doch noch zu schreiben beabsichtigen, und damit meine ich mehr als diese Briefe an dich, dann sicher keine Kindergeschichten, sondern etwas Ernsthaftes, Erwachsenes, denn das allein gilt als bedeutungsvoll in dieser Welt, in der neben dem Weiblichen und dem Wilden auch das Kindliche gebrandmarkt und abgewertet wird.
„Lass den Kinderkram", so sagte Vater schon früh, „und befass dich mit etwas Sinnvollem." Das vermeintlich Sinnvolle geht ihm über alles, und sinnvoll meint, was er als sinnvoll erachtet für mich. Auch die Versuche, mich von den Tagträumen wegzubringen, folgten ja der Absicht, meine Sinne auf Sinnvolles zu richten, ja, sinnvoll sollte ich sein, nicht überflüssig. Für mich vermittelte sich dadurch der Eindruck, dass mein Sein allein nicht ausreichend ist,

nicht für Papa. Wie den Genuss muss ich mir auch die Liebe erst verdienen, wenngleich er all meine Verdienste in Folge unkommentiert lässt, wie neulich, als ich auf die Semesterarbeit über den Elektra-Komplex das *Ausgezeichnet* erhielt, aber wehe, ich verursachte ihm Sorgen.

Immer wieder komme ich darauf zurück, dass meine Absichten nicht allein die meinigen sind, ebenso wenig wie der Antrieb, die Blockade, die Unsicherheit.

„Wieso Unsicherheit?“, würde meine Doppelgängerin fragen. Wenn ich daran denke, zieht sich mein Brustkorb zusammen, und ich höre die inneren Stimmen aus Geschichte und Gegenwart, die sagen, dass wir Frauen noch immer nicht teilhaben an der symbolischen Ordnung des Patriarchats dort draußen, ich nicht und nicht die junge Frau vor der Schaufensterscheibe. Allenfalls herausstarren können wir und werden erst aus dem Gefängnis entlassen, wenn wir mehr als genug geleistet haben.

Innerhalb der uns gesteckten Grenzen, versteht sich.

Am Abend fand ich in meinem Bücherstapel die psychoanalytische Studie über den Doppelgänger von Otto Rank.

Und nochmal: Glaubst du an Zufall?

Rank zufolge lenkt die Verfolgung durch das *Doppel-Ich* die Aufmerksamkeit immer aufs Neue auf sich selbst und damit auf die verdrängten Persönlichkeitsanteile, die in ihm zum Leben erweckt werden, und verweist somit auf den undifferenzierten Zustand eines narzisstischen Wesens. Denn jeder Paranoia liegt, wie Freud ausführte, ein *Verharren*

im Narzissmus zugrunde, das heißt, das Individuum kommt von der Phase seiner *narzisstisch geprägten Ich-Entwicklung* nicht los, die ihm sodann immer und überall wieder entgegentritt. In der Allegorie einer nicht abzustreifenden Vergangenheit wird deutlich, was den Menschen an seine Vergangenheit fesselt und als Gestalt des Doppelgängers präsent bleibt.
Ich schäme mich ein wenig für mein überstarkes Interesse am eigenen *Ich*, denn ich fürchte, in meiner Fixierung auf meine vermeintliche Doppelgängerin drückt sich ein Selbstverhaftet-Sein aus, das ein angemessenes Teilnehmen am *Du* verhindert. Vielleicht sperre ich mich deshalb in meiner Garconniere ein, die ich kaum je verlasse.

Dich jedoch, geliebte Edith, möchte ich teilhaben lassen,
deine Martha

Liebe Edith,

ich bringe einen Tag nach dem anderen um. Dieser Satz spukte mir beim Aufwachen im Kopf herum, und sogleich musste ich an die junge Frau denken, denn mir kam vor, als seien das ihre Worte gewesen, die Worte der Doppelgängerin. Neulich schon hatte ich das Gefühl, fremde Worte nähmen von mir Besitz, falls du dich erinnerst. Ja, sie verfolgt mich bis in die Tiefen des Unbewussten hinein, wo sie mir die

Sätze einflüstert, die ich denke.
Wie aber soll ich obige Zeilen, den Mord an der Zeit, deuten? Als Scham vor der Trägheit meiner Tage, die ich mir nicht zugestehen mag? Aber ich werde mich nicht zu rechtfertigen versuchen, vor mir nicht, vor ihm nicht und nicht vor dir, dass ich hier tagelang in einem Teeladen sitze und die Zeit vorbeiticken höre, ohne etwas voranzubringen.
Und abermals: etwas Sinnvolles.
Auf dem Weg zum Laden bildete ich mir permanent ein, sie zu sehen, und kaum hatte ich die Kasse geöffnet, da meinte ich bereits, sie dort draußen auf dem Trottoir zu entdecken. Erneut hob ich die Hand zum Gruß, dann winkte ich und bedeutete ihr, sie möge hereinkommen, aber dann war es doch wieder nur ich selbst, die sich zuwinkte. Zudem erscheint mir unwahrscheinlich, dass sie meinem Wink folgen würde; diese Frau ist sicher eine von denen, die lieber die Nase an eine Fensterscheibe pressen und von draußen auf das Leben schauen.
Schau nur, schau! Freud beschreibt den Schautrieb als Partialtrieb, weißt du noch, wie Herr Professor Holzinger davon sprach? Das Schauen verfolge ein Sexualziel, so sagte er, später dann werde es sublimiert, da die erogene Zone des Auges ein Vorläufer reifer Genitalität sei. Wir gähnten und scrollten durch unsere Handys, um unsere Beiträge auf Instagram zu vervollkommnen, die eben dieses Bedürfnis nach dem Schauen und dem Sich-Zeigen befriedigten, die Sehnsucht nach Sehen und Angesehen-Werden-Wollen. Denn auch ein Foto kann der Selbstvergewisserung dienen

und dem Versuch, Identität zu stiften, indem es dich über das äußere Bild verortet.
Wenn jedoch das Schauen ein kindlicher Partialtrieb ist, dann hieße das, ich sollte aufhören, allein meine Augen zu benützen. Ja, wenn ich reifen will, dann muss ich hinaus und sie mir mit all meinen Sinnen aneignen, diese Stadt, Wien, von der ich bisher nicht viel mehr kenne als den Weg von der mitunter brüchigen Porzellangasse zu meinem Arbeitsplatz zum Supermarkt. Ich rede mir ein, es liege an der Hitze und an dem Heuschnupfen, der mich plagt; beides aber hat zur Folge, dass ich mich noch nicht verortet habe, und in meiner Orientierungslosigkeit nicht die einfachste Frage beantworten kann, die da lautet: Wo bin ich?
Womöglich zurückversetzt in meinen Kindskörper.
Bevor dieser mein Körper eingezwängt wurde in ein Korsett aus Arbeit und Verantwortung, hatte er einem Mädchen gehört, das mit den Hunden durch die Gassen um die Wette lief und auf diese Weise den Stadtkörper erforschte. Zum Beispiel trat es an die Schaufensterscheibe eines Teeladens heran, nur weil dieser nichtsahnend seinen Partialtrieb ansprach. Mangels vermeintlicher Reife schaute das Mädchen hinein auf das bunte Porzellan und die mit Drachen geschmückten Dosen in den Regalen und verfiel dem Glauben, dort spielte die Musik, und vielleicht tat sie das tatsächlich: Sie spielte einen Tango über dieses Kind, das die weiße Nase gegen das Glas drückte, gleich einem Klecks Sahne, sagen wir: *Schlagobers*. Denn hinter der Scheibe vermutete es die für sie unerreichbaren Dinge, die nichts

weniger bedeuten als: das Leben.
Ist es möglich, dem Leben zuzuschauen, während du draußen stehst? Oder zeugen nicht vielmehr jene, die das Haus nicht verlassen, sprich, ihr Gefängnis, das möglicherweise allein ein Frauen-Gefängnis ist, davon, dass draußen das Leben an ihnen vorbeiläuft? Jene, die aus dem Fenster auf die Straße starren in dem geheimen Wunsch, dort draußen ein Zipfelchen vom Leben zu erhaschen und sei es in Form des Rockzipfels eines Menschen, dessen Gesichtszüge an die eigenen erinnern? Jene, die in der Hitze des Sommers zwischen den Wänden schmachten und dem freien Leben nachtrauern, das anderen vorbehalten zu sein scheint, immer nur den anderen? Festgehalten von der Pflicht der Tochter dem Vater gegenüber und der Anforderung an sich selbst. Ja, ich bin es, die erwachsene Martha, die von drinnen das Leben an sich vorbeiziehen sieht, statt rauszugehen und reinzuschauen.
Aber glaub nicht, dass das heißen soll, ich bin besonders unzufrieden. Das wäre ganz falsch und wirklich geht es ja gerade mir so viel besser und leichter als allen, die ich kenne. Ich bin wohl zufrieden, damit ein Stück Unabhängigkeit und äußere Selbständigkeit vor den anderen (nicht vor Papa) zu erwerben. Aber andererseits schenke und diene ich so viel lieber.
Auch diese Worte stammen nicht von mir.
Womöglich träume ich wieder.
Im Wachen dagegen spreche ich zu mir: Hinaus mit dir, Martha, hinaus; vielleicht sitzt die junge Frau vorn beim Ari-

Rath-Platz auf einer Bank. Dann setze ich mich zu ihr und spreche sie an. Oder ich unterwerfe mich weiterhin meinem Partialtrieb und schaue sie einfach nur an, um im Blick der anderen zu finden, was ich zu sein trachte.
„Wer willst du sein?“, fragtest du einmal. Dies, Edith, ist eine gute Frage. Hier hast du mögliche Antworten zum Ankreuzen: Tochter, Freundin, herangehende Psychoanalytikerin, Familientier, Einzelgängerin, Dichterin. Wieder fällt mir ein, wie sehr ich das Schreiben immer geliebt habe, nur glaubte ich eben, *Papa würde finden, es ist sehr überflüssig und schade, so viel gute Zeit damit hinzubringen.* Aber ohne das Dichten hätte sich auch die Psychoanalyse niemals entwickeln können. Die Literatur hat vorausgedacht, was Sigmund Freud in die Wissenschaft zu transferieren versuchte. Ein wenig drängt sich mir sogar der Eindruck auf, dass auch er gern Literat geworden wäre, deshalb auch die Empfehlung, seine Krankengeschichten wie Novellen zu lesen. Möglicherweise aber fehlte ihm die fürs Dichten notwendige Tagträumerei, der er sich niemals hätte überlassen mögen. Denn wenn ich es in den Worten der Psychoanalyse richtig verstehe, so ging es ihm ja darum, den Narzissmus des heranwachsenden Kindes nach und nach zu sublimieren.
Seinen eigenen wie den der anderen, nehme ich an.

Ich werde die Wohnung jetzt verlassen und nachschauen, ob sie dort ist, wo ich sie vermute, deine Martha

Liebe Edith,

die junge Frau hatte nicht auf der Bank am Ari-Rath-Platz gesessen, obwohl ich bis am späten Abend dort Wache hielt, und deshalb nutzte ich stattdessen den frühen Morgen, mich auf ein Wiedersehen durch das Schaufenster vorzubereiten. Noch bevor ich das Wechselgeld nachzuzählen begann und die Waage einschaltete, steckte ich den Schlüssel von außen in die Ladentür und befestigte das Schild *Komme gleich* an der Tür, die ich anschließend offenließ, auf dass es niemanden irritiere.
Oder als Einladung an sie.
Tatsächlich sah ich sie wenig später herannahen. Und dieses Mal bildete ich mir ihre Erscheinung nicht ein. Kurz nur betrachtete sie die Auslage, ich glaube, es ging ihr um eine Teekanne aus Usbekistan. Aber sie schien in Eile, das Leben rief nach ihr, vermute ich. Kaum setzte sie zum Weiterschlendern an, lief ich, nicht minder eilig, hinaus, verschloss den Laden und nahm die Verfolgung auf, in vollem Vertrauen darauf, dass sie mir den richtigen Weg weisen würde.
Sagen wir: einen beliebigen Weg.
Ich verlor sie in der Berggasse. Eben noch hatte ich sie vor mir gehen sehen, dann war sie weg. Ich blieb stehen, vor mir die Ziffern eins und neun, und augenblicklich begriff ich, dass ich mich in der Berggasse 19 befand, dem Ort, an dem Freud praktiziert hatte, knapp hundert Jahre ist das her. Er hatte wie ich im neunten Bezirk gewohnt und muss die

gleichen Gassen entlanggegangen sein, während ich mich im Tal der Ahnungslosen aufhalte. Und doch war mir bisher entgangen, wie nah ich ihm bin.
Soweit zum Thema Zufall.
Ich hatte Recht: Meine Doppelgängerin weist mir den Weg und entlarvt meinen vorgeblich beliebigen Fluchtort als weniger beliebig als zunächst angenommen, im Gegenteil scheint es gerade so, als habe ich eben diese seine Nähe gesucht. Um alles, was Sigmund Freud geschrieben hat, besser nachempfinden zu können, oder was meinst du, Edith?
Dem Schild, das neben der Eingangstür befestigt hing, entnahm ich weiters, dass die Räumlichkeiten der Öffentlichkeit als Museum zugänglich gemacht wurden, und wenn nicht die Chefin bereits zum zweiten Mal versucht hätte, mich auf dem Handy zu erreichen, wäre ich sogleich hineingegangen, um eine Eintrittskarte zu lösen. So aber machte ich kehrt, auf dass sie den Laden nicht versperrt vorfinden würde.
Während ich zurücklief, suchte ich nach einer Erklärung dafür, dass ich in die Stadt Freuds *umgesiedelt* war, ohne den Trieb verspürt zu haben, mich auf seine Spuren zu begeben, um mich in irgendeiner Weise in Beziehung zu setzen. Im Gegenteil weigere ich mich ja, überhaupt eine Beziehung herzustellen, seit ich in Wien bin, eine Beziehung zu irgendjemandem, der über mein persönliches Denken hinausreicht.
Macht sich hier die narzisstische Störung bemerkbar?

Ich könnte nach wie vor Gründe vorschieben, aus denen ich es bisher nicht einmal in die Berggasse schaffte, die um die Ecke meiner eigenen Wohnung liegt, und doch beschleicht mich der Verdacht, die vorgeblich freiwillige Absonderung hatte allein den Eindruck schmälern sollen, dass nicht ich mich dieser Stadt, sondern diese Stadt sich mir verschließt. Davon schrieb ich dir bisher nichts, um dich nicht zu beunruhigen. Mich nicht zu beunruhigen. Stattdessen nutzte ich den Heuschnupfen, um die Illusion aufrechtzuerhalten, diese Stadt würde mich lieben, wenn ich mich nur mehr anstrengte, als ich es tue, und mich um diese ihre Liebe bemühte.

Das ist es ja, was ich auch Papa gegenüber zu denken neige. Tatsache ist: Wien mauert. Die Stadt mauert sich ein und mauert mich ein und lässt mich die Enge spüren im Brustraum, die mir von Kindheit an vertraut ist.

Erinnerst du dich, als wir das erste Mal zu meinen Eltern nach Hause gefahren waren und dort gemeinsam auf dem Sofa saßen? Unvermittelt schnappte ich nach Luft, nur du hast es gesehen, oder aber Papa sah darüber hinweg, weil er es nicht besonders liebt, sich mit Krankheit beschäftigen zu müssen, genauer gesagt: mit Schwäche oder, noch genauer: mit meiner Schwäche. Ich wurde geboren, um zu glänzen und abgeschabtes Gold kommt für ihn nicht in Frage.

Ich glaube übrigens, das war der Moment, in dem ich mich in dich verliebte, Edith. Als du mir nachliefst ins Bad und mich in beinahe panischem Zustand aufstöbertest.

„Was ist mit dir, Martha?“, fragtest du, und ohne eine

Antwort abzuwarten, nahmst du mich in die Arme, sodass ich weinen konnte und die Enge von mir abfiel.
Wie komme ich jetzt darauf?
Ja, genau, Wien.
Vielleicht ist Wien die städtische Verkörperung meines Vaters, dachte ich auf dem Rückweg zum Laden, diese Mauern, diese Feindseligkeit, wenn sich jemand nähert und versucht, weiter vorzudringen als bis zur äußeren Schale. Die Scheu, sich zu öffnen und zuzugeben, was innerhalb der Mauern vor sich geht. Eingemauert bin ich in diese Stadt, in der auch jeder Einzelne die Einzelmauern eines persönlichen kleinen Bunkers mit sich herumträgt. Eingeklappt liegen sie einsatzbereit in der Handtasche und warten nur darauf, herausgeholt und aufgeklappt zu werden, zum Beispiel wenn jemand fragt: Wie fühlst du dich?
Ich höre den Protest, nein, höre ihn nicht, denn es gibt niemanden in dieser Stadt, der mit mir redet, seit Friedrich fort ist, geschweige denn, dass mich jemand fragte, wer ich bin oder woher ich komme. „Aus dem Gefängnis", so würde ich antworten; dabei bin ich von dem einen Gefängnis in das andere geraten. Auch Lob und Anerkennung gehören nicht zu den Dingen, die hier gern ausgesprochen werden, ausgenommen der Obdachlose, denn er hat nichts zu verlieren, während die anderen sich gegenseitig beäugen und kleinzuhalten versuchen, sodass außer Kritik nicht viel Nährendes zu haben ist.
Undsoweiterundsofort.

Schluss mit dem Gejammere oder auch *Sudern*, wie es hierzulande heißt, entschuldige bitte, ich weiß, du magst es nicht, wahr aber ist: Ich bin noch nicht lange hier, und schon hat mich der ganze Missmut des Wienertums ergriffen. Es ist ein Elend, hier zu leben.
Umgeben von Wiens Mauern lief ich zurück zwischen die Mauern des Teeladens. Und wieder verfiel ich unversehens in jenen Dämmerzustand, für den ich diesen Ort hier verantwortlich mache, und in dem Dämmer entdeckte ich unvermittelt die junge Frau. Sie stand vor dem Tresen und fragte nach hundert Gramm vom *Jiaogulan*, aber dann steht sie auf einmal an dem Tresen eines Handarbeiten-Geschäfts im ersten Bezirk von Wien, wie ich vermute, ohne bisher je dort gewesen zu sein, und lässt blauschimmerndes Wollgarn zwischen ihren Fingern hindurchgleiten. Sie schaut auf und fragt: „Gefällt dir das, oder wird es dir zu bunt?" Und ich will antworten, ja, längst wird mir alles zu bunt, aber dann sage ich: „Ich mag es bunt", weil ich an *Pi Lo Chun* denken muss. Unschlüssig nähere ich mich ihr, sodass ich sie beinahe mit meiner Nasenspitze berühre, die im Übrigen auf Nasenhöhe liegt mit der ihren, und auf die Frage, ob ich etwas suche, würde ich gern sagen, den Faden, der mein Leben spinnt oder, anders ausgedrückt, das Garn, aus dem die schönen Geschichten gemacht sind. Und da reicht sie mir ein Spinnrad und sagt: „Spinn dir den Faden deines Lebens oder wenigstens den deiner eigenen Geschichte."
Und nun schrieb ich sie für dich auf, Edith, diese Geschichte, auch wenn es eine Fantasie-Geschichte geworden ist, über

die du lachst, ich höre das Lachen bis hierher. Nur ich lache nicht, denn ehrlich, ist es nicht gefährlich, sich immerzu aus der Situation herauszuwünschen?
Sag mir die Wahrheit, Edith.
Andererseits: Was bleibt mir, als mich abermals in einem Tagtraum zu verfangen? Habe ich nicht allen Grund dafür?
Ich werde mir jetzt den *Jiaogulan* aufbrühen, den ich regulär gekauft habe bei mir. Und so verleibe ich mir ein, was mich bedroht. Der Tee ist aus japanischer Ernte, wie ich inzwischen weiß, was ihn mir trotz Fremdheitsgefühl sympathisch macht. Zudem gilt er als Kraut der Unsterblichkeit, sodass ich ein paar Jährchen gewinne, um auszuprobieren, ob sich nun das Träumen oder das Raufen als bessere Option für mein Leben herausstellt.
Warum ist die Psychoanalyse nicht in Japan erfunden worden? Antwort: Dort wird sie nicht gebraucht, sondern allein bei uns, genauer noch in Wien. Könnte das eine Erklärung dafür liefern, warum sich Freud ausgerechnet an diesem Ort und nicht anderswo den Neurosen der Menschen widmete, während die Stadt selbst alles dazu getan hat, um ihren Anteil an der Entstehung der Psychoanalyse zu verleugnen. Holzinger war es, der uns erzählte, dass Freud es so empfunden hatte, aber vielleicht musste ich herkommen, um zu begreifen, wovon er sprach. Ich jedenfalls stoße mir den Kopf an einem Abwehrmechanismus, der es verhindert, mit dem Es der wienerischen Seele in Kontakt zu kommen. Was um alles in der Welt lässt das für Rückschlüsse auf meine Seele zu?

Dich, liebe Edith, lasse ich gern in sie hineinschauen. Und andersherum möchte ich die deine ergründen.

Innig, deine Martha

Liebe Edith,

heute war mein freier Tag, und ich beschloss, meine Isolation zu verlassen. Die Neugier trieb mich hinaus oder, besser gesagt, die Hoffnung, die junge Frau zu treffen, ich gebe es zu. Und so führte mich mein Weg nicht nur zurück in die Berggasse 19, sondern dort hinein und entschied somit die Wahl, welches Museum ich in Wien als erstes besuchen würde.

Ich trat über die Schwelle und wurde für die nächsten vier Stunden von dem Haus verschluckt. Beim Durchschreiten der Räume war mir, als kehrte ich zurück. Ich nehme an, der Eindruck war der Tatsache geschuldet, dass ich in den Zitaten, die in den einzelnen Zimmern angebracht waren, wiederfand, was wir während das Studiums diskutierten. Augenblicklich riefen sie die Erinnerung daran wach, was mich seit der Schule an der Psychoanalyse fasziniert hatte, und noch immer bin ich, allen Freud'schen Fehlleistungen zum Trotz, davon überzeugt, dass es ein großes Verdienst war, dem Menschen einen Schlüssel zu geben, der es ihm ermöglicht, Räume zu betreten, die nicht einsehbar gewesen waren zuvor. Oder

nicht eingesehen werden wollten.
Und während ich das dachte, stand ich in den ehemaligen Behandlungsräumen, betrachtete alles mit einer Neugier, die tief und unerlaubt in die Familie Freud hineindrang, sodass ich mir abermals voyeuristisch vorkam. Und dann, bitte, Edith, halte mich nicht für verrückt, schaute ich in die Augen der jungen Frau, die mich hierhergelockt hatte. „Ja", wirst du ausrufen, „sie wohnt doch offenbar in der Berggasse, dort verlorst du ihre Spur, folglich liegt es nahe, dass auch sie gelegentlich das Museum aufsucht, vielleicht hat sie eine Jahreskarte?" Aber es war anders: Sie schaute mir aus einer Fotografie entgegen.
Die Varianten des Unheimlichen sind vielfältig.
Zunächst dachte ich, vermutlich sehe ich sie inzwischen überall, weil meine Vorstellungskraft jegliche Vorstellung übertrifft, doch es stimmte: Sie war es, die dort fotografiert worden war, auf dem Kopf diese altmodische Haube, darunter das Schildchen, es handle sich hier um Freuds Tochter Anna, die später Wand an Wand mit dem Vater praktizierte.
Ein Wink des Schicksals, sage ich.
„Ein verdrängter Wunschtraum", sagst du.
Ach, Edith.
Als ich mich endlich losriss von ihrer Anwesenheit, stieß ich zufällig, wenn du es zufällig nennen willst, auf folgende Zeilen von Sigmund Freud, die er an Wilhelm Fließ geschrieben hatte, und die ich mit dem Handy abfotografierte, um dir zu beweisen, dass er Worte benutzte, die auch mir in den Sinn

gekommen waren: ... *ich bin aber kaum drei Tage hier, und schon hat mich der ganze Missmut des Wienertums ergriffen. Es ist ein Elend, hier zu leben.*

Du wirst sagen, ich schrieb den letzten Brief an dich, nachdem ich das Museum besucht hatte, oder ich erinnerte mich an die Sätze, weil ich sie bereits kannte. Und vielleicht ist das wahr, vielleicht aber auch nicht. Was wahr ist und was erfunden, bestimmt immer die Schreiberin, ist es nicht so?

Das nenne ich die Freiheit der Dichtung.

Und deshalb tastete ich mich ausgerechnet hier, in der Berggasse 19, an den Gedanken heran, zu meinem Kinderwunsch zurückzukehren und mich tatsächlich dem Schreiben zu widmen, und nahm mir vor, mir fortan österreichische Dichter und Dichterinnen zu Gemüte zu führen, die aus der Enge der Wiener Welt eine Weite zu zaubern imstande sind, jawohl.

Es muss ein Österreich geben, das nicht in die Neurose führt.

Ich verließ das Museum und schlenderte zurück Richtung Porzellangasse. Hier und da schaute ich von draußen in die Cafés und Ladenfenster, die mich außen vorlassen, und hoffte, sie in einem von ihnen sitzen zu sehen.

Soll ich sie Anna nennen?

Die Hoffnung, sie zu treffen, war vergebens, aber guter Dinge bin ich dennoch, deine Martha

Liebe Edith,

meine Anna-Geschichte klingt verrückt, ich weiß es ja. Vermutlich hast du Recht, und sie ist eines der Gespenster und sitzt als Geist der Vergangenheit mit all den anderen in einer der Teeboxen. Also nehme ich deinen Impuls auf und werde versuchen, die Gespenster-Gespinste in schöne Geschichten zu verwandeln, wie du so eindrücklich empfiehlst, auf dass ich nicht auf Vergangenes zurückgreife, was bedeutete, mich allmählich gänzlich zu verlieren.
Aus diesem Grunde machte ich auf dem Weg zur Arbeit einen kleinen Umweg, der mich an einem Papierwarenladen vorbeiführen sollte und gleichzeitig die Gelegenheit barg, meinen Radius zu erweitern und zumindest den neunten Bezirk zu erkunden. Ich glaube, die Pflaster sind durchtränkt mit Anna Freud; sie wartet an jeder Ecke, und deshalb werde ich mich über nichts mehr wundern.
Ich kaufte mir ein liniertes Heft und einen Fine-Liner und war ganz aufgeregt dabei. Die Voraussetzungen, mit dem Schreiben zu beginnen, sind also geschaffen, du siehst, ich meine es ernst.
Den Traum, Schriftstellerin zu sein, hege ich seit frühester Kindheit, das habe ich ja schon erwähnt, seit ich acht Jahre alt war und ein Kind voller Tagträume, die damals weder krankhaft noch unerwachsen wirkten auf mich, sondern reich und bunt. Sie ließen mich gut aufgehoben fühlen, denn sie allein zeigten mir, was ich ersehnte, während das Leben zu rau wirkte auf mich, sagen wir: Es schien mir nicht dafür

gegeben, für mich da zu sein und mir einen Platz zu gewähren, der nicht von außen zugewiesen werden würde, sondern von mir eingenommen. Nie wäre ich auf die Idee verfallen, sie hielten mich fern vom Leben, und damit meine ich von der Lebendigkeit, die ich spüren konnte in mir. Ohne Arg und ohne Schuldgefühl, in aller Unschuld lebte ich, bis mir gesagt wurde, es sei verboten, zu träumen, weil es mich abhalte, ohne dass mir jemand erklärt hätte, wovon eigentlich. Dass diese Träume ausgetrieben gehörten, benötigte keine weitere Erklärung. Mit einem harschen Wort wie *ausgetrieben* allerdings hätte Papa es nicht ausgedrückt. Eher so: „Ich werde ihr helfen", und damit meinte er mich, das schlimme Kind, das lernen müsse, brav zu sein. Ja, *das schlimme Kind*, so nannte er mich seinen Freunden gegenüber und äußerte die Sorge, was nur werden solle aus mir. Auch heute noch biete ich ihm hin und wieder Anlass zur Sorge, zum Beispiel die Beobachtung, dass ich offenbar keinen Freund habe. Würde er unsere Liebe anerkennen, Edith, dann könnte ich mit ihm über Schilders Libido-Theorie diskutieren, der behauptet, Homosexualität stelle bei dem Versuch, abermals äußere Objekte finden zu wollen, nach der Regression zum Narzissmus die nächstliegende Stufe dar. Aber weder Papa noch ich interessieren uns für mögliche Erklärungen von Homosexualität, wenngleich aus verschiedenen Gründen. Während für mich Liebe nicht gebunden ist ans Geschlecht und deshalb keinerlei Erklärung bedarf, ist ihm die Frage nach dem Wer-Liebt-Wen keine Zeit wert, ja, die Liebe als solche verschwende wertvolle Zeit, behauptet er, und diese

Sichtweise stellt für ihn den einzigen Trost darüber dar, dass ich mannmäßig nicht versorgt bin.
Ich, Liebste, fühle mich versorgt von dir. Und versorgt mit Papier.
Was aber kann ich schreiben? Erstens soll es für Erwachsene sein und zweitens um wichtige Prozesse gehen, die sich im Inneren des Menschen abspielen. Um das Doppelgänger-Motiv womöglich, das die Schwierigkeit des Menschen widerspiegelt, sich im Verhältnis zum anderen zu situieren. Oder soll ich den Pfaden der Romantikerinnen folgen? Zumindest hilft das romantische Subjektempfinden die Entdeckung des Unbewussten durch die Psychoanalyse Freuds zu begreifen, denn die Annahme eines Unbewussten gründet auf eben der menschlichen Zerrissenheit, die in den romantischen Helden ihren ästhetischen Ausdruck findet. Die Wiederbelebung von Mythos, Poesie und Religion bei den Romantikern ist exemplarisch für ihr Bestreben, sich, entgegen der dem achtzehnten Jahrhundert herrschenden Weltanschauung eines aufgeklärten Menschen, mit dem Fremden, Unterschiedenen, Anderen zu befassen, um in den Tiefen der eigenen Seele nach einem sicheren Grund für das Dasein zu fahnden. Womit ich schon wieder beim Thema bin.
Ob das Thema eines Romans werden kann?
Ich scheue mich vor dem ersten Satz, den ersten Notizen, denn ich möchte ja etwas Sinnvolles schreiben, du hast es erfasst! Wenn schon das Schreiben selbst wenig sinnvoll ist, wie er sagt, du weißt, von wem ich rede. Und ich frage mich,

ob es nicht nur eine andere Form von Tagtraum ist.
Erinnerst du dich, wie wir bei Professor Holzinger über die Beziehung von Psychose und künstlerischer Begabung sprachen? Beide seien eine Regression zur primitiv-narzisstischen Art des Erlebens, da haben wir es wieder, nur dass der Rückweg von dort in die Realität dann anders verläuft, weil *der Künstler beim Schaffen dann wieder die nächsten Entwicklungsstufen durchlaufen muss und zu diesen Ausdrucksformen wie Reim, Rhythmus et cetera gehören.*
Klingt nicht nach Holzinger, wenn du mich fragst, sondern abermals nach ihr, da kannst du dich lustig machen, soviel du willst.
Lieber ihre Stimme in mir als die seine.
Jedenfalls *bilden die Literatur und die Psychoanalyse ein Feld der diskursiven Überschneidung*, ohne dass ich sagen könnte, ob nun die Literatur mehr mitzuteilen hat über den Menschen oder die Psychoanalyse. Und so beschäftigte ich mich weder mit dem einen noch mit dem anderen, sondern ließ das Heft in der Tasche und starrte stundenlang sehnsuchtsvoll zum Fenster auf die Gasse hinaus.
Stecke ich also in dem, was landläufig unter Krise verstanden wird, was meinst du?
Als ich am Abend Richtung meiner Wohnung ging und dabei einen kleinen Schlenker durch den Sigmund-Freud-Park machte, entdeckte ich Anna auf einer der Bänke sitzend. Auf dieser Bank also treibt sie sich herum! Sie hatte Strickzeug neben sich ausgebreitet, und so sehe ich sie noch jetzt: Sie strickt und strickt, als müsse sie sich am Leben

erhalten damit. Ich mag das Bild: Solange du strickst, bist du verstrickt in das Gewebe des Lebens.
Ich sprach sie nicht an, um mich nicht weiter in sie zu verstricken.

Auch dir zuliebe. Deine Martha

Liebe Edith,

ich bemerke sehr wohl, dass du mit keinem Wort darauf eingehst, wenn ich über Papa schreibe und erinnere jetzt, wie du einmal sagtest, ich solle doch froh sein über das Verhältnis zu meinem Vater. Richtiggehend ungehalten bist du geworden, weißt du noch? Wir saßen in der Mensa und besprachen den Ödipus-Komplex, und spaßend behauptete ich, dass mir ein abwesender Vater lieber gewesen wäre als einer, um dessen Liebe ich mit den Geschwistern rivalisieren müsse. Zumal ich in der Position des Mädchens war, dem die Aussicht, an seine Stelle treten zu können, verwehrt bleibe, ödipal gesehen. Damit meinte ich ebenso die Aussicht, diese verbotene Liebe zum Vater später sublimieren zu können, mit Betreten der patriarchalen Welt nämlich, wo es sich sinnvoll mit Erwachsenendingen beschäftigen darf, haha. Das alles fiel mir zwischen Bohnensalat und Hähnchenschnitzel ein, und ich schüttete dir mein Herz aus, als läge ich auf der Couch, obwohl ich dir während unseres

Gesprächs ohne Weiteres in die Augen blicken konnte. Ich klagte, dass es mir unmöglich sei, seiner Dominanz mein Eigenes entgegenzusetzen. „Er fragt nicht einmal, welches der mir eigene Platz wäre, nach dem ich strebe", sagte ich, „und nichts, was ich mir entwerfe, wird jemals toller sein als das, was er tut, und so bleibt mir nur, seine Liebe zu gewinnen, denn er allein kann mich erheben und mir Zutritt verschaffen zu seiner Welt. Ohne ihn bliebe sie mir verschlossen." Ja, es war eine Klage, eine Anklage, und ich sprach das erste Mal aus, was sich dann nach und nach in mein Bewusstsein hinaufarbeitete: „Ich muss mich befreien, indem ich fortgehe, Edith, und hoffe, du verstehst." Aber du verstandst nicht. Stattdessen schütteltest du deinen Lockenkopf. „Ich nenne es Übertragung, meine Liebe. Sei froh, dass du jemanden hast, der dich antreibt und ins Leben hineinschubst." – „So ist es nicht", wandte ich ein. Das aber wolltest du nicht stehenlassen, sondern bliebst dabei: „Sei dankbar für die Innigkeit, mit der er dich annimmt als …"
Weißt du, was ich eben schreiben wollte? Mich annimmt als seinen Sohn. Ich denke, hier liegt der Hund begraben, sein Chow-Chow nämlich, du erinnerst dich? Dass meine Trauer um den Tod des Hundes sich mit der Traurigkeit um seine Empathielosigkeit mischte, als ich bemerkte, dass meine Tränen Papa weniger schmerzten als die seinen, die er um den treuen Gefährten vergoss. Stets sucht er nach einem Überlaufventil für Gefühle, die er gewöhnlich nicht zu zeigen vermag, mir gegenüber nicht und niemand anderem, fürchte ich. Er erinnert mich an Wien, ich sagte es bereits.

Da geht es nicht um mich. Ihm ist herzlich egal, was ich tue, was ich denke, wer ich bin. Vermutlich hätte er es am liebsten gesehen, wenn ich Architektur studiert hätte, um sein Werk weiterführen zu können, im Büro unter unserer Wohnung, eine Treppe hinab, im Raum nebenan. Hauptsache, ich bewundere seine Arbeit. Hauptsache, ich bin da und immer in Griffnähe, sollte er mich brauchen. Eine Nähe, die keine Nähe ist, sondern Kontrolle, und von Bedeutung nur, solange er mich einsetzen kann für seine Belange. Solange ich keine Probleme bereite, die in ihm die Sorge um das schlimme Kind zum Erwachen bringen könnten.
Wie zum Beispiel: Das Studium abbrechen.
Folgerichtig konnte mein Fortgang nichts als Missbilligung hervorrufen, so, wie er vieles missbilligt von dem, was ich tue, was ich denke, was ich bin, und deswegen war der Abschied kalt und kein Wort des Friedens und kein: Egal, was du tust, du wirst es richtig machen. Woher Vertrauen nehmen?
Genug der Klage; er würde nicht verstehen, woran es mir mangelt und was Grund gibt für meine stete Unzufriedenheit, denn dafür bräuchte es nicht nur die Fähigkeit, zu fragen, sondern außerdem die Fähigkeit, sich selbst zu hinterfragen. Und auch du verstehst ja offenbar nicht, worum es mir geht, ich weiß, ich weiß: Verstanden werden wir nie.
„Sei dankbar", hattest du noch hinzugefügt, du vaterloses Geschöpf, du, aber hier höre ich allein den Neid auf eine Vater-Figur, die man sich in einer Weise zurechtträumt, wie er nie gewesen wäre. In meinen Träumen hätte es statt des hageren Alten einen *Pi Lo Chun* gegeben, der träumt oder

rauft, alles zu seiner Zeit, und dem es herzlich gleichgültig ist, ob ich mich anpasse an das sogenannte Normale, solange ich nur glücklich bin mit mir. Dem daran gelegen ist, dass ich meinen Wünschen und Bedürfnissen Vorrang gebe vor den seinen.
Könntest du nicht ein bisschen denken wie *Pi Lo Chun*?

Ich liebe dich dennoch, deine Martha

Liebe Edith,

Anna folgt mir weiterhin in alle meine Träume. Sie hat mich aufgefordert, endlich mit dem Schreiben zu beginnen. Ja, das sollte ich, allein schon aus dem Grund, damit ich etwas zu tun habe, wenn nichts los ist im Laden, du weißt ja, die Zeit nutzen, die ich zum Fenster hinausträume. Und stricken mag ich nicht. Entschuldige, dass ich dir schon wieder mit Anna komme, ja, ihr Bild geht mir nicht mehr aus dem Kopf, du hast Recht, und nicht allein mit ihrem Stricken hat sie mich bestrickt.
Ich wünschte nur, du klängest weniger missbilligend.
Anna ist der Meinung, ich solle in den Leserinnen das Gefühl erzeugen, sich eins zu fühlen mit der Außenwelt, solange der künstlerische Genuss dauert, indem es direkt angesprochen wird. Zunächst aber übe ich mich in der Kunst, die Balance zu finden zwischen dem Eindruck, fehl am Platz zu sein und

mir meinen eigenen Platz bauen zu können; das gilt für den Laden ebenso wie für Wien wie für die Welt.
Statt zu tun, was sie mir des Nachts aufgetragen hatte, nahm ich abermals den Platz an der Kasse ein, auch um der Erfahrung auszuweichen, einen anderen möglichen Platz nicht fertigstellen zu können. Lieber flüchtete ich weiterhin ins Tagträumen, *obwohl ich doch schon so alt bin. Aber Alter schützt vielleicht nicht einmal vor Tagträumen.* Zugleich fürchte ich, dass es mir nicht mehr gelingen wird, zurückzufinden ins tätige Leben, beziehungsweise die Absicht wiederzufinden, überhaupt zurückfinden zu wollen; ja, die Tagträume verändern ihre Qualität, du hattest die Gefahr kommen sehen; ich spüre, wie ihr Angenehmes in einen Alptraum übergeht, in dem die Zeit weiterläuft, nur ich trete auf der Stelle. Ich will das Flugzeug erreichen, den Zug, den Bahnsteig, aber immer wieder kommt eine weitere Rolltreppe, und obwohl ich rechtzeitig losgegangen bin, tickt die Uhr die Abfahrtszeit herbei. Ich beginne zu laufen, schon zeigen sich mir die benötigten Richtungsweiser, aber da ist noch ein Gang und wieder muss ich hinunter und hinauf und hinunter und hinauf, und obwohl ich den Zug bereits sehe, bemerke ich, dass dort die Gleise zwischen ihm und mir liegen; ich werde es nicht mehr schaffen, auf die andere Seite zu kommen, nein, der Zug fährt ab und zieht an mir vorbei, wie das Leben draußen vor der Tür, während ich sitze und schwitze und stillstehe und auf kein anderes Ziel zusteuere als auf den Tod. Die Frage ist nur: Von welchem Leben sprichst du, Martha?

Von einem Leben zwischen Teedosen, Liebste.
Ja, es entzieht sich mir. Ohne es bemerkt zu haben, wird es eines Tages vorübergegangen sein und ich in meinen Träumen gefangen, die mir die Gestaltungskraft rauben, indem sie die Lenkung übernehmen. Sie machen sich breit und lassen weder Zeit, die Welt zu bereisen, um irgendwo anzukommen, noch freie Fläche, die als Baugrund erschlossen werden könnte.
Du magst meinen Vater verteidigen und weißt doch, dass es stimmt, was ich sage, ja, ich bleibe dabei: Es ist ein Vater-Leben, erinnere dich an die Ausgrenzung des Weiblichen, von der du sprachst. Nicht nur meines Vaters, sondern aller Väter, und ich darin, träumend allein, denn auf dem Grund des Traumes, ja, da kann ich sein.
Kann ich?
Auf dem Grunde seines Träumens trifft der Mensch seinen Tod, schrieb Foucault, ich allerdings vermute, auf diesem Grund befindet sich all das, was ich vermisse, was alle vermissen, weil sie es in fest verschlossenen Büchsen deponierten, um es zu verstecken, und später zwei Teelöffelchen davon ins Teesieb, aufgebrüht und runter damit.

Später, wenn keiner hinschaut. Deine Martha

Liebe Edith,

wieder steckte ich das Heft ein, das ich nie ausgepackt hatte. Ich werde mir nicht länger vorwerfen lassen, nicht von dir, nicht von ihm und vor allem nicht von mir selbst, dass ich meine Zeit vergeude. Auch werde ich nicht länger vergeblich auf ermutigende Worte von dir warten, die den kritischen zuliebe ausbleiben, und mir ist ja bewusst, dass sie mir ohnehin nur die seinen ersetzen sollten, ohne es zu können. Dennoch wühlte mich auf, wie wenig verstanden ich mich fühlte, auch spürte ich einen Anflug von Ärger, doch dann fiel mir ein, dass Literatur eben dies versucht: *die Einzelszenen und ihre direkten Erregungszustände in der Entwicklung einer umfassenden Erzählung untergehen zu lassen.*
Wer mir das wohl wieder eingeflüstert hat?
Kaum hatte ich den Tee für die Kundschaft, sagen wir: für den Obdachlosen, bereitgestellt, machte ich deshalb tatsächlich erste Notizen für einen Roman. Heute Nacht träumte ich davon, dass die Hauptfigur Heinrich Mühsam heißen solle, oder soll ich sagen: Es träumte mir? Ich deutete den Namen als Zeichen, denn in der Tat: Mühsam nur ging mir das Schreiben von der Hand, aber zumindest schrieb ich einen Absatz. Ich hoffe trotz allem, du freust dich, das zu lesen. Ich schrieb verstohlen, als täte ich etwas Verbotenes, aber Papa ist nicht hier, niemand, der mich kontrolliert und korrigiert, und auf einmal begann es, mir zu gefallen. Aber dann steckte die Chefin den Kopf zur Tür hinein, und zog die linke Augenbraue hoch, als sie sah, wie ich mein Heftchen

hastig in den Rucksack zurückschob.
„Es gibt kaum Kundschaft", sagte ich schuldbewusst, du kennst mich, die Schuld sitzt stets hinter dem Brustkorb, wie ein Alp, der es geschafft hat, vom nächtlichen Hocken auf der Brust zwischen die Rippen hindurch und in mich hineinzuschlüpfen und nun von innen Druck erzeugt, und meine Chefin fütterte ihn, indem sie sagte: „Zu tun ist genug, zum Beispiel könntest du den Lagerbestand kontrollieren, damit ich weiß, ob ich nachbestellen muss oder alles passt."

Des Dichtens dunkle Seite dich umfasst mit rauer Hand
Und hinunterzieht
In den Strudel
Ungeweinter Tränen.

Auch, als sie den Laden längst wieder verlassen hatte, traute ich mich nicht, das Heftchen wieder hervorzuholen. Obwohl noch immer keine Kundschaft in Sicht war, blieb das Gefühl der Schuld. „Hör endlich auf mit dieser Schuld", hattest du unlängst beinahe erbost ausgerufen, „wem oder was solltest du etwas schuldig sein? Die Studiengebühr dem Vater? Und das meine ich nicht materiell." Und ja, du hast Recht, das Gefühl gehörte abgelegt, nur half es wenig, mich dafür zu verurteilen. Ich verspreche dir, irgendwann werde ich mich mit der Frage nach der Ursache befassen.
Aber heute nicht. Heute blieb ich in der Erstarrung, die mir das Schuldgefühl bescherte, sodass ich mich nicht rührte, und auch das Heft rührte ich den Rest des Tages nicht

mehr an, als dürfe ich nicht Gefallen an etwas finden, was anderen missfällt. Denn ja, ich weiß um ihre Missbilligung, seine Missbilligung, deine Missbilligung. Erstarrt wie ich mich nun fühlte, konnte ich nicht einmal mehr aufstehen, um mir eine Dose aus dem Regal zu nehmen, zur Teeküche zu laufen, Wasser aufzusetzen und einen weißen Tee mit Granatapfel zu trinken. Oder einen grünen mit Goji-Beeren. Nein, ich fühlte mich ausgebremst und rang nach Luft, und gleichzeitig wuchs die Wut auf alles und jeden und hätte um mich schlagen können.

Meine Faust in einen dicken Bauch rammen zum Beispiel.

Schön klingt die Annahme, es gäbe das Gute allein der Geburt wegen, aber ist es nicht anders und das sogenannte Böse ein Teil von uns? War nicht auch das ein Aspekt, den Freud meinte, wenn er davon sprach, dass es der Sublimierung bedürfe, also dem Streben nach dem Höheren, um die Triebhaftigkeit zu überwinden? Um die uns angeborene Zerstörungswut umzuleiten?

Um mich vom schlimmen Kind zum braven Kind zu entwickeln, hatte ich alle Schlagephantasien unterdrückt und tat es auch jetzt, brav, so brav, du selbst hast es so genannt, als ich wieder einmal abgelehnt hatte, eine Vorlesung zu verpassen, um mit dir eine Sause zu machen. Selbst beim Teeverkaufen lächle ich immerfort und verachte mich beinahe dafür, während ich in meinem Korsett aus Freundlichkeit und Disziplin zu ersticken drohe, das ich aus meiner Fähigkeit strickte, die Arschbacken zusammenkneifen zu können, wie Papa es nennt. Eng fühlt sie sich an, und eng, eng, eng legt

sie sich um das Herz und um die Lunge.
Die Wände rückten näher an mich heran und der Druck erhöhte sich noch einmal mehr, meine Lunge schmerzte, als umklammerte ein Griff meinen Brustkorb, der mir das Atmen erschwerte.
So fühlt sich Angst an, aber wovor fürchte ich mich?
Ich schnappte nach Luft, und dann saugte ich Bienen, auf dass sie in die Röhre starren, aber nein, sie sind tot, auch dies ist eine Form, in die Röhre zu schauen, nehme ich an und denke, womöglich ist es diese Angst vor dem Tod, der am Ende der Röhre wartet, denn das Leben saugt uns schneller weg, als wir wahrhaben wollen. Und wenn es die Angst vor dem Tod ist, die uns treibt und nicht zur Ruhe kommen lässt und das Nichtstun verbietet, dann kann es nicht gleichzeitig die Angst vor dem Vater sein, es sei denn, er verkörpert den Tod. Auf eine Weise tut er das, zumindest der meine, denn er bringt nichts hervor als ebendiese Schuldgefühle, von denen ich schrieb, die immer dann auftreten, wenn ich beginne, das Leben zu genießen. Da hast du sie, deine Ursache, und niemand wird mir diese Schuld je von den Schultern nehmen, fürchte ich, nicht einmal du.
Gerade du nicht.
Auf dem *Nachhauseweg*, nun sieh, welche Begriffe ich hier verwende, passierte ich abermals den Sigmund-Freud-Park, um Anna zu sehen und mich von ihr einnähen zu lassen in ihre Annahülle und -fülle. Die Bank, auf der sie das letzte Mal gesessen hatte, war unbesetzt, also nahm ich an ihrer statt den Platz ein – angenehm schattig war es hier – und

beobachtete die Hunde, wie sie schnauften und rauften und dachte, einmal nur raufen und sich auslaufen, mit hechelnder Zunge, die aus dem Hals hängt.
Mir hängt das Angepasstsein und der Fleiß und das Immerzu-Diszipliniert-Tun zum Halse raus.

Da hechelst du, was? Deine Martha

Liebe Edith,

streng bist du mit mir, zu streng, oder soll ich sagen: verständnislos? Verzeih, dass ich deshalb eine Weile nicht schrieb, aber ich bin überrascht, mehr noch traurig, dass du meine Angst verhöhnst, das Gefühl der Bewegungslosigkeit, das gestern von mir Besitz ergriff, während ich mir das Schreiben verdrückte, sagen wir: die Freude daran unterdrückte. Jetzt fühle ich es wieder, sobald ich daran denke, dass auch du mich in das Korsett zurückzuverfrachten trachtest.
Um mich zurechtrücken zu können?
Mir kommt vor, als wollest du mich dort haben, wo auch Papa mich haben will: dass ich mich bescheide mit *dem Amt der Haustochter und hierbei wieder, mit Wichtigkeit jeder Minute darin, der Vatertochter*. Oder mit dem Amt der Freundin. Willst du das? Dass ich jedes Gefühl von Autonomie untergehen lasse in meinen Geschichten, den

schönen Geschichten, die ich verfassen soll, wenn es nach dir ginge, statt Abgründe in sie hineinzustricken? Verstrickt in unsere Gefühle aber sind wir ja so oder so. Das zu ignorieren oder weganalysieren zu wollen, nur um die Tochter zu haben, die Freundin, nach der es euch verlangt, produziert nichts anderes als Verbiegungen und die Angst vor dem Nichts-Tun, in dem sich der Teil unseres Selbst bemerkbar macht, den wir wegzudrängen versuchen. Das wusste Freud besser als jeder andere und besser als jede andere, aber im eigenen System ist schwer zu erkennen, woran es krankt.
Und hier spreche ich von Anna.
Ich aber möchte nicht länger die Arschbacken zusammenkneifen, oder wahlweise: den Atem anhalten, in dem Bestreben, niemanden mit meinen Ausstößen zu stören in dessen Großartigkeit, so wie ich es auf dem Sofa tat, nur um sodann in Panik zu verfallen, weil mir die Luft wegblieb.
Meine Angst, zu ersticken, ist nichts weniger als dies: die Furcht, nicht ich selbst sein zu dürfen. Aber ich werde sie nicht länger wegsperren, sondern die Begegnung suchen, das Nebeneinander, die Integration. Keine Ahnung, ob du das verstehst. Oder, sag, weißt du, wovon ich spreche, Edith? Vielleicht ist es gut, einige hundert Kilometer Abstand zwischen uns gebracht zu haben, so gern ich mit dir am sommerlichen Teich sitzen würde und die Zehen ins kalte Wasser stecken, denn das haben wir doch nie gescheut, oder, Edith? Ins kalte Wasser zu springen und zu tauchen bis zum Grund, also erbitte nicht von mir, an der Oberfläche zu bleiben.

Nicht dir gegenüber.
Leb wohl, Edith, ich halte mich an Anna, und möglicherweise ist sie der Grund, warum du mit Abwehr reagierst, dort, wo ich mich dir zeige, ja, Edith, das Buhlen um Liebe beschränkt sich nicht allein auf das sich vernachlässigt fühlende Kind.

Martha

Liebe Martha,

ich schreibe an dich, Martha, und somit an mich selbst, weil mir niemand einfällt, an den ich sonst schreiben wollte.
Niemand, nein niemand, soll mir mehr hineinreden, auch Edith nicht. Ich werde ihre Erwiderungen dem Abfalleimer, dem *Mistkübel*, übergeben, um mich vor weiteren Zurechtweisungen zu schützen. Ich habe genug von den Stimmen in meinem Kopf, die immer, immer, immer besser zu wissen meinen, was gut ist für mich. Niemand soll mir auferlegen, wie ich zu leben habe.
Warum schreibst du mir?, fragst du, wenn wir doch ohnehin immerzu miteinander sind? Ich höre dir ja ohnehin zu, die ganze Zeit über tue ich nichts anderes als eben dies, da braucht es kein geschriebenes Wort.
Tust du das?
Schelte mich nicht, Martha, antworte ich, ich schreibe dir, weil der Brief der freien Assoziation nahekommt und somit

eine Form ist, ins Bewusstsein zu holen, was mir verborgen bleibt. Und weil ich nicht sicher bin, ob dir meine Stimme geläufig ist bei all dem Fremd-Getöne in mir, das andere produzieren.
Und wer sind diese anderen?, fragst du.

Still jetzt, lass uns morgen weiterreden, deine Martha

Liebe Martha,

mitten in der Nacht wachte ich auf, und seither bin ich mir beinahe sicher, dass jemand mitten im Zimmer steht.
Eine Frau? Anna?
„Anna", rufe ich leise, „Anna, warte noch hundert Jahre oder auch zweihundert und dann, mein Kind, lebe", aber ich habe gut reden und rufen; in Wahrheit bin ich es, die das Leben nicht zu erspüren in der Lage ist, ja, wieder fühle ich mich in dieser Weise erstarrt, wie ich es eben bin, wann immer ich mich nicht traue, zu tun, was mir gefällt.
Wie neulich, im Laden.
Ich bewege mich nicht, obwohl mir doch nach Rennen zumute ist, aber für wen soll ich rennen? Ich darf mich nicht rühren, das ist die Wahrheit, oder erst dann, wenn er es mir erlaubt, mir ein Wort der Anerkennung schickt, zum Beispiel, oder ein Lob.
„Wofür?", höre ich ihn lachen, „dafür, dass du *Oolong* von

Ostfriesentee unterscheiden kannst?"
Die Frau in meinem Zimmer zuckt zusammen.
Ich liege im Bett und atme flach und finde meine Lebensenergie nicht. Schau nur, schau hinaus aus dem Haus, Martha! Und dann: Hinaus mit dir! Wie oft muss ich das wiederholen?

In Sorge, deine Martha

Liebe Martha,

mit blassem Gesicht liege ich im Sanatorium und bin beinahe sicher, dass ich keine Zukunft haben werde, heißt, mir auch keine Gedanken mehr darüber machen muss, wie ich mein Leben gestalten möchte.
Ich werde sterben.
Und während ich mich auf dem sterilen Laken des Krankenhausbettes wälze, kommen mit einem Mal Leute in das Zimmer und beginnen, eine Frau zu operieren, die im Bett neben mir liegt. Keiner nimmt Notiz von mir und so muss ich unfreiwillig zusehen, wie die Leute der armen Frau sorgfältig den Kopf abtrennen und ihn anschließend in ein Gefäß mit Flüssigkeit legen.
Er schwimmt in seinem eigenen Blut. Schläuche mit Transfusionen hängen von den Wänden, kriechen über das Bett und münden in den nun kopflosen Körper. Später wird

der Kopf ihr wieder angenäht, sagen die Leute, von einer, die sich mit Handarbeit auskennt.
Es klingt wie ein Versprechen.
Auf einmal fahre ich mit meinem Vater in einem Wohnmobil Richtung Semmering. Irgendwie haben wir ein Verhältnis miteinander, und das Verbot erregt uns umso mehr. Mein Kopf fühlt sich leer an. Es gibt nichts zu fühlen.
Als ich aufwachte, hatte ich nicht einmal Lust, den Traum zu analysieren.
Überhaupt vergeht mir die Lust, hinter jedem Motiv nach verbotenen oder verdrängten Wünschen zu suchen, wenn ich mir doch darüber bewusst bin, was ich mir wünsche: Die Schläuche zu durchtrennen und ins Freie zu stürmen, ohne von unsichtbaren Banden umwickelt zu werden, die mich würgen.

Ob mir das gelingen wird, Martha, Liebe? Deine Martha

Liebe Martha,

wieder habe ich schlecht geschlafen und zu viel geträumt und wieder spielte mein Vater eine Rolle. Ich nahm mir vor, ihn zu Blättern zu trocknen, einzutüten und das Paket noch heute abzuschicken, ja ich schrieb sogar ein Etikett mit seinem Namen und Ratschlägen für die Zubereitung: in kleinen Dosen.

Als ich am Morgen meine Stirn berührte, war sie heiß, und ich fühlte mich tatsächlich krank, oder ich litt unter den Nachwirkungen der gestrigen Operation, die mir nicht aus dem Kopf ging, der jedoch glücklicherweise nach wie vor auf meinem Rumpf ruhte.

Kopflos fühlte ich mich dennoch und auch das Gefühl, dass etwas fehlt, bleibt bestehen.

Sogleich suchte ich im Internet nach einem Arzt in der Nähe, und sofort fiel mir der Name Klammer ins Auge, umklammert, wie ich mich fühlte. Dass Doktor Klammer zudem als Analytiker arbeitet, bewirkte, dass ich lachen musste, und das ist wohl als gutes Zeichen zu werten, meinst du nicht? Obgleich Freud die Psychoanalyse ja immer hatte trennen wollen von der Medizin, aber wer weiß, ob er seine Meinung nicht irgendwann geändert hätte, denn dazu war er ein Leben lang bereit, wenn ich mich nicht irre.

Noch am selben Nachmittag schleppte ich mich in seine Praxis, die hierzulande *Ordination* heißt, in die Praxis von Klammer, nicht die von Freud. Sie liegt nicht weit von mir, in der Wipplinger Straße.

Doktor Klammer interessierte sich in erster Linie für meine Lunge und weniger für meinen letzten Traum, den ich dennoch erzählte, um mich aus den Irrtümern ödipaler Verstrickungen zu winden. Ich begriff, dass er ihn nicht verstehen konnte, da ich mich noch immer in einer Welt bewegte, die das Weibliche ausgrenzt. Auch in diesem Punkt bin ich inzwischen davon überzeugt, dass Freud die Weiterentwicklung seiner Theorien, oder sagen wir:

Erweiterung, zum Beispiel die feministische, mit Interesse verfolgt hätte.

„Eine Zivilisation, deren Voraussetzung es ist, das Undifferenzierte verdrängen zu wollen", sagte ich, „gründet auf dem Ausschluss des Weiblichen, das in eben dieser Zivilisation mit dem Noch-nicht-Subjekt gleichgesetzt wird, sprich, mit dem Chaos. Und das ändert sich nicht, solange wir von einem nicht-konstituierbaren weiblichen Subjekt ausgehen, das nur über den Mangel, über das Fehlen eines symbolischen Phallus, definiert wird. Eine Kultur jedoch kann ihr Ausgegrenztes nicht ignorieren, ohne dass es an irgendeiner Stelle wieder hervorbrechen wird und sei es in dem Erscheinen unendlich reproduzierbarer Doppelgängerinnen."

Doktor Klammer verstand nicht, worauf ich hinauswollte, aber immerhin fragte er, ob ich studiere, und ich erzählte ihm von meinem Psychologie-Studium. Er nickte anerkennend, aber kaum stieg eine Art warme Freude in mir auf, schlug mir sogleich wieder Klammers Abwehr entgegen, als er erfuhr, dass ich es unter Umständen nicht fortsetzen wolle. Sein kritischer Blick strahlte eine ähnliche Missbilligung aus, die auch Papa ausstrahlt; vermutlich befand ich mich also in der Übertragung.

Während Doktor Klammer mich untersuchte, dachte ich mit einem Mal, dass Edith richtig lag mit ihrem Widerspruch, oder nennen wir es *Einspruch*: Wie Freud, wie Herr Professor Holzinger, wie so viele andere, von denen wir uns Antworten erhofften auf unsere Fragen, war auch Doktor Klammer nur ein Mann unter anderen Männern, die über deine Aufnahme in die Welt entscheiden und deine Mitgestaltung zulassen oder dich daraus aussperren. Anders gesagt: Solange ich die Zustimmung der Klammers suche, und all der anderen Väter, die diese väterliche Welt vertreten, werde ich mich nicht finden, und so füge ich der Frage „Wo bin ich?" die Frage „Wer bin ich?" hinzu.

Ich stelle sie dir, Martha.

Du bist viele, sagst du.

„Anna", rufe ich, „Anna, so warte doch auf mich."

Aber sie kann nicht warten, denn sie ist längst gestorben.

„Werde ich sterben?", fragte ich Doktor Klammer und hörte, wie er mir zur Operation riet. Es sei die vom Heuschnupfen geplagte Lunge, die mir das Atmen erschwere, aber wenn man sie mir entfernte, fiele das Atmen wieder leicht, also raus damit.

„Hinaus mit dir", rief ich dir zu, wie schon so manches Mal, und du antwortetest mit Ja, liefst aus der Praxis hinaus, ohne zu zögern, und zeitgleich kam uns beiden der Gedanke, was sterben sollte, ist das, was uns bremst. Was uns am Atmen hindert. Und das ist weder die Allergie noch sind es die Bande, die uns zu binden scheinen, sondern es ist das Bedürfnis nach einer Anerkennung, die von außen kommt und deshalb: Raus damit.

Oder was denkst du, Anna? Ich denke, du hast es beizeiten verstanden.

Liebes, deine Martha

Liebe Anna,

gestern schloss ich meinen Brief mit einer Anrede an dich, und deshalb kann ich ebenso gut gleich an dich schreiben, oder auch: dich er-schreiben, gleichgültig, ob wir das dann Identifikation, Projektion oder Regression nennen.
Ich schaue aus der Zukunft auf dich und sehe alles im Überblick, soso, aber der Überblick ist in Wahrheit nicht mehr als ein Rückblick. Es ist nicht möglich, ein Leben zu erleben, wenn es nachträglich hübsch säuberlich ausgebreitet vor dir liegt, dazu allein in den Ausschnitten, die es preisgibt, und die immer nur Einblick sein können, nicht aber Durchblick.
Da kann ich lesen, soviel ich will.
Neben Gedichten von dir lese ich, was du zur Psychoanalyse geschrieben hast. Und dann lese ich über Erwachsene und Kinder, über die Frauen und Männer, die den Gedanken deines Vaters gefolgt sind oder ihm abgeschworen oder ihn weiterentwickelt haben. Auch über dich wurde geschrieben. Weißt du, was einer deiner Biografen, Wilhelm Salber, über dich zu sagen hat? *Untätig-Sein-Müssen war für sie eine der schlimmsten Drohungen; selbst bei Krankheiten konnte sie nicht ohne Lesen, Stricken, Arbeiten, ‚Dirigieren' sein – als hätte sie sonst etwas verpasst und sich auch noch schuldig gemacht.*
Kurz denke ich, aha, da schreibt jemand über mich, und dabei bin ja ich es, die über dich schreibt, gerade jetzt über das Getrieben-Sein, das du empfunden haben musst,

den Drang, die Zeit sinnvoll zu nutzen und bei möglicher Untätigkeit das Empfinden von der Schuld, nichts zu tun. Aber das ist nur eine Interpretation von vielen.

Eine Analyse?

Nenn es Selbstanalyse, wenn du willst.

Anna, ich frage mich, warum er, und auch die vielen Menschen um dich herum, dich nicht ermunterten, jenseits von ihm das Leben zu erproben. Du hättest ja wieder zurückgehen können nach dem Ausflug in die Ferne, aber wer weiß schon, ich jedenfalls nicht, was besser gewesen wäre für dich, ob es etwas Besseres gegeben hätte als das, was wir jeweils entscheiden oder für uns entscheiden wird, in deinem Falle: bei ihm zu bleiben.

Ich denke, du hast gerauft und geträumt, alles zu seiner Zeit. Und deshalb werde ich mir keine Analyse anmaßen, nicht einmal einen Deutungsversuch. Ich stehe hier, ungefähr hundert Jahre nachdem du in meinem Alter gewesen bist, und kenne den Weg nicht, trotz Überblick und Rückblick und hundert Jahren Vorsprung. Du bist diejenige, die vorausgegangen ist, um Wege zu ebnen, die für dich holprig gewesen sein müssen. Vermutlich nahmst du den einzigen Weg, der es dir ermöglichte, deine Theorien entwickeln zu können und als Analytikerin zu arbeiten. Mit Hilfe dieser Bindung zum Vater und dem Entbunden-Sein von der Ehe.

Mit Hilfe der Psychoanalyse?

Dir ist gelungen, was vielen Frauen deiner Zeit verwehrt blieb, und meiner auch, da mache ich mir nichts vor: dir deinen Platz zu erobern und bei aller Loyalität dann doch das Eigene zu entwickeln. Die Freiheit liegt weder im Fortgehen noch im Bleiben, sondern darin, sich selbst aufzunehmen in den illustren Kreis der Gestalterinnen. Ob an einem Mittwochabend oder dem Montagmorgen vor Ladenöffnung. Ob weit weg oder innerhalb des Rahmens der Familie.

Das Triumphgefühl der Befreiung vermengt sich zu stark mit der Trauer, denn man hat das Gefängnis, aus dem man entlassen wurde, immer noch sehr geliebt, schrieb dein Vater nach seiner Emigration nach London mit Blick auf Wien.

Ich bin noch nicht entlassen, sondern komme gerade erst in Wien an, und deshalb kann ich keine Aussagen über die Stadt treffen, die nicht mehr über mich selbst erzählten als über sie.

Mein Gefängnis bin ich selbst.

Ich befreie den Alp, indem ich atme, und dann öffne ich die Büchse des *Pi Lo Chuns*, der grün ist, nicht bunt, und so etwas wie Schnecke bedeutet. Aber so kämpferisch ist er doch, dass er dem Wunsch nach väterlicher Anerkennung den Kopf abschlägt. Anschließend trinke ich einen guten Tautropfen *Gyokuro Tokiwa* auf dich, will sagen: Ich trinke so lange, bis ich einen im Tee habe. Meine Lunge aber bleibt hübsch unangetastet und nimmt sich den Raum, den sie braucht.

Sei dir meiner Wertschätzung gewiss, deine Martha

Lieber Papa,

ich schreibe dir ohne die Absicht, den Brief abzuschicken. Vielleicht wird er Teil eines fiktiven Textes, den ich schreiben werde, auch ohne dass du mich je dazu ermuntert hättest. Oder ich verzichte auf etwaige literarische Ambitionen und studiere zu Ende. Oder ich gehe nach England und eröffne ein Heim für Waisenkinder. Oder diese Stadt hier, dieses liebenswerte, verhasste, muntere und verschlossene Wien, öffnet ihre schwergängigen Pforten. Oder sie spuckt mich wieder aus.
So oder so falle ich auf meine beiden Füße. Vielleicht zieht es mich zurück zu euch, *denn man hat das Gefängnis, aus dem man entlassen wurde, immer noch sehr geliebt*, und erweitere die Familie um eine neue. Vielleicht bleibe ich aber auch unabhängig und allein oder erkenne, dass Unabhängigkeit ein Resultat innerer Freiheit ist. Vielleicht heirate ich Edith oder Friedrich, oder wir drei schließen uns zusammen und nehmen zu dritt eine Wohnung in Berlin, wie eine Freundin von Anna es einst geplant hatte; du wirst Anna nicht kennen, nur mir ist sie zufällig begegnet.
Glaubst du an Zufall?
Die Zeit ist reif für was auch immer. Meine Reife zeigt sich darin, anzuerkennen, was immer ich tue. Und so werde ich mein Leben nach meinen Vorstellungen leben, frei, aber nicht frei von Verpflichtungen. Ich setze meine Schritte fernab von dir, ohne deine Unterstützung, und weiß gleichsam, die Sehnsucht, Abstand zu nehmen, um entbunden zu sein, ist

ebenso stark wie die Sehnsucht nach dem Familienverbund, der bei allen Entbehrungen Halt zu geben verspricht, auch wenn er dir manchmal die Luft abzuschnüren scheint. Alles, wonach ich strebe, ist ein Streben nach meinem Grund.

In Liebe, Martha

Liebe Martha, liebe Anna,

wartet, ich komme. Ich bin gleich da.

Zitierte Literatur

S. 10: Freud, Sigmund. Eine Schwierigkeit der Psychoanalyse. In: Gesammelte Werke, 1917-1920. Bd. XII, London 1947. 4. Auflage, Frankfurt/M 1972, S. 231

S. 27: „... als käm ich heim zu Vater und Schwester". Lou Andreas-Salomé - Anna Freud. Briefwechsel. 1919-1937, Bd. I und II. Göttingen 2001, S. 454

S. 32: Lou Andreas-Salomé - Anna Freud, S. 482

S. 35: Lou Andreas-Salomé - Anna Freud, S. 492

S. 36: Ebd., S. 85

S. 46: Gropp, Rose-Maria, Lou Andreas-Salomé mit Sigmund Freud : Grenzgänge zwischen Literatur und Psychoanalyse, Basel, 1988, S. 18

S. 45: Freud, Sigmund. Unser Herz zeigt nach dem Süden. Reisebriefe 1895-1923. Berlin 2002, S. 19

S. 54: Lou Andreas-Salomé - Anna Freud, S. 400

S. 55: Foucault, Michel. Einleitung zu Ludwig Binswanger: Traum und Existenz, Bern/Berlin 1992, S. 53

S. 56: Salber, Wilhelm. Anna Freud. Hamburg 1985, S. 33 (vergl auch Freud, Anna. Schlagephantasie und Tagtraum)

S. 60: Lou Andreas-Salomé - Anna Freud, S. 136

S. 69: Salber, Wilhelm. Anna Freud. Hamburg 1985, S. 108

S. 71: Freud, Sigmund. Reisebriefe, S. 19

Bild: Dirk Skiba

Die Autorin

Corinna Antelmann, geboren 1969 in Bremen, lebt seit 2006 in Oberösterreich. Nach ihrem Diplom-Studium in Film, Literatur, Musik und Psychologie an der Universität Hildesheim war sie in der Theaterwerkstatt Hannover und als Head-Autorin in der Trickompany Hamburg angestellt. Seit 2001 arbeitet sie als freie Autorin und Dramaturgin sowie als Lehrbeauftragte. Für ihr literarisches Werk erhielt sie zahlreiche Stipendien, Nominierungen und Auszeichnungen, unter anderem den Frau-Ava-Literaturpreis, den White Raven und das Kranichsteiner Jugendliteraturstipendium.

Zuletzt erschienen neben Jugend- und Bilderbüchern die Romane *Drei Tage Drei Nächte* sowie *Spargel in Afrika*.

www.corinna.antelmann.com

Zwei Minuten nur
Vera Juriatti, Essayminiaturen

72 Seiten, Softcover
ISBN 978-3-9519863-9-5

Dein kurzes Leben wie ein Sommerregen
Andrea Wecke, Lyrische Miniaturen

72 Seiten, Softcover
ISBN 978-3-9519863-8-8

Mein Jahr im Wald
Ilse Krüger, Erzählung

76 Seiten, Softcover
ISBN 978-3-9519863-6-4

Jakob geht heim
Ingrid Maria Kloser, Erzählung

100 Seiten, Softcover
ISBN 978-3-9505202-2-4

Die Abwesenheit des Glücks
Rainer Juriatti, Erzählung

136 Seiten, Softcover
ISBN 978-3-9519863-7-1

www.juriatti.net
Versand österreichweit gratis.